夜官巡場

張嘉祥

Iā-Kuan Sûn-Tiûnn

民雄怪奇物語

（按姓氏筆畫排列）

親像西方ê神話，親像魔法阿媽，親像咱kah神佛、鬼魂lóng猶閣做伙存在ê時代。一直咧走閃ê庄跤囡仔，用兩重、三重ê目睭、筆路kah法術，kā故鄉ê「無緣佛」tsiâu牽轉來ah。嘉祥kā家己ê性命kah火燒庄ê歷史，重接、重tàu，敨kah足bā。伊ê文字淺白，suah是深沉；中間，不時有空隙。

淺白，是成做少年世代ê記號；是一條牽挽ê氣力，kā古早kah現代khiú予相倚。深沉，是走揣地方身世ê跤跡；是嘉祥án-ne ê出外人，想欲kā家己刻轉去tī故鄉ê堅定。中間ê空隙，是勇敢冒險ê干證；是猶咧等閣較濟走閃、出外ê少年人做伙來補ê，滾絞ê慾望。彼个淺白、深沉kah空隙ê後壁，有靈咧流動，有音樂咧行；予故事，閣較好看；予鄉土，重新閣活。

——呂美親（台灣師範大學台灣語文學系助理教授）

讀《夜官巡場》像是黃昏將至時坐在老榕樹下聽說書人說故事，說書人哼哼唱唱音調時高時低，如此便召喚出小說中的鬼怪、神靈與各種魔魅，那正是日與夜交替之間，虛幻與現實之間，因此一切皆有可能。從火燒庄長出來的語言與文字帶著獨特且親暱的泥土氣味，就連環繞著主角的親人們都彷彿似曾相識。原以為是別人的故事，聽著聽著才發現其實也是自己的故事，我被這本書引起嚴重的思鄉病。

——邱常婷（小說家）

語言是組織的聲音。歌曲是精化的語言，而都為了讓心理世界開展。嘉祥是同時掌握這兩樣技能的才華，無論在他的樂團裝咖人，或是文字作品《夜官巡場》，都向我們展示他心中那略帶鄉愁的畫面與熱烈的台灣情感。

《夜官巡場》呼喚了我自己鄉里的記憶，兒時鹿港喪葬。在深夜中把數十張家具堆得像一座山，下面燒著大火，家人們哭喊踉蹌爬過這象徵刀山的魔幻畫面一下閃了出來，好幾個人拿著菜刀在漆黑的夜裡對空揮舞著，要趕走前來分食的野鬼。能與儀式這麼靠近，相對於現代飛快的生活莫名地有種感念，這是身為台灣人的幸運，多元的樣貌若能更加保存，我猜應該可以活得更通透點。嘉祥的文字就像穿越多元的廊道，披上多神多族，台灣人的共生樣貌被他細細道來。

——柯智豪（音樂創作人）

每年，我都必須路過火燒庄一趟。

從嘉義市走縱貫公路往北，到民雄火車站時右轉大學路三段接大學路二段，看見豐收村的牌樓時右轉直走，過了水流媽廟後，就幾乎要抵達我家祖先的墓園。

嘉祥的故鄉火燒庄，也是我父系家族在兩代以前所活動的區域；大家族分房後，子孫四散各地已數十年，然而每年清明時分，民雄的張家墓園仍像個咒語般召喚後代歸來。我們總在中午前完成所有祭拜與打掃事項，回到頹圮的祖厝稻埕請來辦桌師傅搭棚煮午餐，當菜尾也被包完、囝仔欲開始起呸面，整個不太熟的大家族氣氛開始像被風揉得一團亂的紅色塑膠桌布皺起眉頭，大人便起身紛紛駕車離開。

離開時天色都還是光的，水道旁水流媽廟在嘉南平原毫不保留的日照下，侷促快速地消失在後照鏡中；夕陽還沒到來，全家已飆回到高雄，打開冷氣吃著水果。在我記憶中的民雄，黑夜不曾來臨過，我根本不算認識這地方。

我相信歷經日與夜的轉換，感官與記憶會出現不同質地的形變；而關於火燒庄的流浪神狗人，庄頭長大的嘉祥已經花了一張唱片、一本小說、多少文字與音符來賦予祂們血肉形體。

「我原本想繼續走下去，下坡地好像永遠都可以往下走去，越往下越是蠻荒，越是自然越是自由，那些野神與孤魂也會與我們同在。」

恭喜嘉祥出書，也期待他記持內底的火燒庄，保持蠻荒，也保持自由。

——張勝為（拍謝少年維尼）

以回顧自身過往經歷的年少回憶為本，文字穿插記錄寫實的諸多人生樣貌，與傳統民間人們所敘說口述的神鬼故事。嘉祥用小說中的內容，打造出一首首帶有魔幻前衛風格的精采音樂，《夜官巡場》同名專輯已然備受肯定，小說的正式出版則無疑讓聆聽音樂的我們，得以一起走進那結合虛擬與現實所建構出的民間田野生活。透過閱讀與聆聽，重新找回自己，在美好的文字與音樂世界中。

阿祥的小說結合虛幻與史實，粗獷音樂與溫柔文字相互映照的多重鏡像，既微觀又宏觀，強烈推薦裝咖人與小說一起聽／讀。

——馬瓜（樂評人）

——鄭各均（音速死馬）

從音樂專輯到散文小說，《夜官巡場》是既陌生又熟悉的「民雄怪奇物語」，也是全感官創作。由喧騰的北管樂曲〈風入松〉、〈新普天樂〉帶領，轉換為全新悅耳的迷幻搖滾，張嘉祥由口白、音樂到文字，讓我們看到屬於火燒庄的魔幻寫實。邊緣世界的遊鬼棄神，民間鄉野的羅漢老人瘋人仙人，這是許多人的我庄記憶。水流媽、五穀王廟、大士爺到民雄鬼屋，夜官，竟是我們總莫名膜拜的地基主，照護之神。但穿梭在神鬼菩薩之間的，仍是真實的家人親人族人，還有真實歷史，由夢境以鬼魂附身回返，二二八受難者盧鈵欽醫師與妻子林秀媚平實真摯的愛情。一邊聆聽，一邊翻閱，是最適宜登入「下跤層」的模式。附帶一提，是周美惠，不是周杰倫的葉惠美，別搞錯了。

——簡妙如（中正大學傳播系教授、流行音樂研究者）

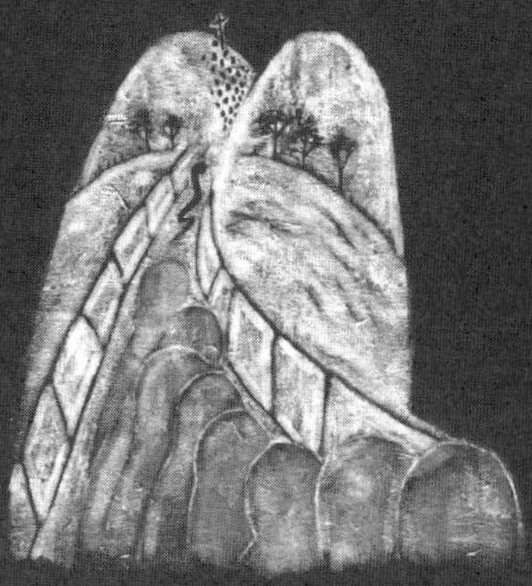

目次

故鄉的異鄉人

武雄

原仔是愛對音樂來講起。

知影張嘉祥這個名，是對裝咖人樂團開始，因為流行音樂工作上的需要，我對箍仔內出現的新人蓋注意，尤其台語歌壇，若有少年輩出現，我攏會加減去了解，希望家己綴會著時代的跤步。

名真好記，佮我寫空笑夢的老戰友吳嘉祥是偶 giò 的，團名裝咖人閣較心適，以演藝界來講，毋管有紅無紅，無論大牌細牌，徛踮台頂攏是跤 kha，會當予大家熟似，除了才情，嘛攏愛靠各種企劃包裝，才有法度一點一滴粒積知名度，慢慢當變做金光沖沖滾，衝甲掠袂牢的大明星，結果這幾個少年兄用現代的文字，講家己是「裝」出來的「咖」，有一點仔謙虛嘛有一點仔古錐，若是共字讀出聲，裝咖人庄跤人，又閣變做樸實帶淡薄仔塗味的田庄兄哥，真有現代少年家的想法佮創意，予我印象真深。

見面相認又閣是另外一個故事，有一工師大台文系呂美親教授欲來厝裡採訪，做陣來的是伊三個學生，包括讀博士班的老朋友董事長樂團吉董，介紹到嘉祥的時，伊就提出一塊伊的簽名專輯送我，算來嘛是一齣數位音樂時代，「唱片敢若名片」的見證。

聽嘉祥的歌佮讀伊的冊有真濟無仝的感覺，雖然所講的故事，攏是用伊出世的嘉義火燒庄做背景，文章內底伊將自細漢到這馬，對家庭，對土地，對家己種種的思考佮探討，講了閣較詳細，我才發現，這個少年仔，並毋是我歌中聽到的，佇見面的時看到的彼呢茈tsínn，嘛發現伊個性內底有一寡叛逆性，成長的過程中，較鬱卒，較黯淡的心情，攏是我聽歌的時陣無去注意到的。

這引起我真大的興趣，裝咖人的音樂結合真濟傳統的戲曲，自細漢我所了解的，有鼓吹八音南北管出現的場所，若毋是過年過節的喜慶，無就是嚴肅悲傷的場面，佇一直偏向對西方音樂取經的流行歌壇，見攏聽到熟似的傳統音色攏予我感覺特別親切，可能是這種心情，歌中彼個少年家所發出來的，佇伊成長過程中，種種不安的信號，煞攏因為我歡喜的心情煞來失覺察。

以年歲來講，我算是嘉祥頂一代人，我的故鄉倚佇隔壁雲林，真濟我細漢的時陣，厝邊隔壁風聲嗙phngh影的代誌，真真假假的魔神仔傳說，隨著當年序大人出外討趁流浪到台北了後，漸漸拍交落已經袂記了了，嘉祥的故事，予我想起真濟遙遠的記持，故事內底伊的故鄉，慢慢佮我的故鄉相重疊，伊冊內所寫的，「故鄉的異鄉人」彼款心情，煞予我佮伊有「異鄉的故鄉人」的同感，這是一種毋知欲按怎形容的親切感。

原來，時代的跤步閣較緊，有真濟代誌的變化，是有夠慢的慢，甚至其中的改變，是感覺袂出來的，就親像佇血脈內底的DNA，每一個人對土地、對故鄉、對親情，各種的情懷，各種的牽挽，各種的感慨，經過幾代人，猶原相櫚siāng，人類，並無因為時代的進步變較精光。

城市生活就親像鼓吹八音，將日子鬧熱化喜慶化，小可無細膩，心肝內另外一爿面，八音所服務的另外一個世界，對天地對鬼神的敬畏，對人對土地的疼惜，恐驚嘛漸漸咧消失。

建議大家那看冊的時，會當那放歌來聽，歌是用第一人稱來唱伊的故鄉，冊嘛是用第一人稱來講伊的故鄉，但是佇冊內底感受到閣較濟心情的信號，頂一代男女佇婚姻中的恩怨，序細佇父權家庭中的委屈，包括少年人離鄉出外認同的困境種種，曾經遭遇過的人生，佇有歲了後，毋管有解決的、無解決的，會記得的佮袂記得的，如今一項一項慢慢回想，我相信這是這本冊，欲提醒我思考的代誌。

夜官巡場這張唱片，已經佇業界得到真濟肯定，歌是裝咖人的第一張專輯，冊嘛是嘉祥第一本創作，而且現此時伊還只是大學台文所的學生，另日出業，成就不可限量，真恭喜伊揣到音樂創作這條路，做伊對人生種種思考的出口，也真歡喜伊揣到文學創作的方式，做伊一個嘉義子弟對故鄉感情的表達，我相信音樂會予伊閣較積極樂暢，我也相信文學會增加伊的底蒂內才，我更加相信，裝咖人這字裝，絕對是「讚的去裝的」彼字裝，這是對伊心內寫出來，上真實的感情，也是對咱的土地發出來，上美麗的聲音。

*本文作者武雄先生為作詞人。作品多次受金曲獎提名入圍、獲獎，近期獲獎作品有〈阿爸的虱目魚〉等。

讓被遺棄的生命真實傳唱下去

管中祥

知道嘉祥是因為他參加中正大學重構大學路計畫的徵文比賽，投稿文章「重返烏托邦：南國．火燒庄」有段文字讓我印象深刻：

穿過隧道後，外面是一條又一條連接彼此到遠方的大馬路，我越往前騎去，火燒庄就離我更遠一些，越來越遠，一直到我看不見為止。

文章有著典型離鄉遊子的心情，雖然遠行，但卻又想緊緊抓住年少曾有的繽紛記憶。裡頭的火燒庄，又稱好收，是指民雄的豐收村，綠色隧道是村子裡的芒果樹。這裡的芒果樹為慶祝天皇而種，鄉民被迫勞動服務，意外地留下美麗的風景，因為中正大學「降臨」而兩次遭到移除，剩下的老樹寥寥可數。即使殖民印記因開發而一一抹去，曾有的美麗仍在鄉民與嘉祥的記憶。

沒多久，嘉祥送我他的樂團裝咖人發行的專輯《夜官巡場》，聽完後，我在臉書上寫下：

認真說，這是我這兩年聽過最動人的台式搖滾專輯了。不僅歌詞文字考究，連結土地，具文學性，編曲跳脫傳統窠臼，古樸交融風神，可輕柔，可磅礡，既寫實，又魔幻。

其實，這本小說也是這樣的風格。

《夜官巡場》開場就提到火燒庄的水流媽。之所以稱為「水流媽」，相傳是鄉民巡田水時，發現了無名女屍，將其屍骨放置甕中，後在溪旁興建小祠奉祀。

這故事很感人，但不特別，很多地方都有。特別的是，張嘉祥從水流媽寫到二二八。

水流媽跟二二八其實沒什麼關係，奇妙的是，在嘉祥作品裡的水流媽跟好收庄的眾羅漢與神明，竟與升天為「神」的受難者盧鈵欽有了感應。

盧鈵欽是嘉義人，少時曾因加入左傾團體而被判刑。二二八發生時，他是醫生，也是參議員，被推選為「和平使」與國府協商，卻一去不回。三月二十五日，他和陳澄波、潘木枝、柯麟在嘉義市火車站前遭到槍決。

受難前一天，盧鈵欽以香菸盒內薄紙，寫下給妻子林秀媚的訣別信，除了交代後事，還說：

我將升天為「神」，最後我鈵欽向妳表白「今世有緣擁妳為妻，是我最大的滿足」。臨別戚戚，珍重道別！

盧鈵欽是否會成「神」？我不確定。但嘉祥曾問能不能找到林秀媚本人？這我印象深刻。我不清楚他為什麼問這些，也許想知道她是否安好？也許要讓創作更完整？但我相信嘉祥的心裡一定有個放不下的掛念，而盧鈵欽的真實遭遇已在心中留下重要印記，如同二二八的「眾神明」是台灣人的重要記憶，甚至影響許多人的一生。

跟盧鈵欽同時赴義的陳澄波，讓他的好友——出身於民雄的畫家劉新祿自此意志消沉，封起畫筆，停止創作。

劉新祿生於一九〇六年，父親劉廷輝是打貓區長，從小家庭富裕，高朋滿座。台南師專畢業後，在打貓公學校任教，也結識了同樣喜好藝術的陳澄波。

當時的台灣人大多赴日習藝，但劉新祿卻在一九二九年選擇到上海藝專專攻西洋油畫，除了嚮往上海的自由，能就近接觸西方文化，也因為他厭惡日本異族統治，對祖國充滿期待。

上海的自由風氣與多元文化，豐富他的畫風與筆觸，也激盪其思想。旅滬期間，大量閱讀魯迅、巴金、陳獨秀、周作人等所著的社會主義思潮與文學，涉獵勞工運動、民權運動等論作。劉新祿雖出身資產階級，亦是關心農工階級的知識青年。

一九四五年日本投降，他回到台灣，任職菸酒公賣局擔任台北總局專員，一九四七年二二八事件發生後，被派回嘉義調查菸草被盜及貪汙之事。三月二十五日早上，劉新祿在嘉義火車站親眼目睹交往二十多年的師友陳澄波遭到槍決，那天，正好是中華民國美術節。

當天，劉新祿十分恐懼，不敢在嘉義車站搭車回家，步行三個多小時，繞過雙福山的國軍部隊才回到民雄家中。整整一星期食不下嚥、睡不安眠，自此鬱鬱寡歡。陳澄波的死讓劉新祿無比震撼，傷心欲絕，他稱病，辭去工作，之後甚少與外界往來。即使過了幾十年，只要經過嘉義車站仍會想起當年的慘景。

劉新祿的女兒劉迎歸曾這樣描述父親：

這時他失業了，想重拾畫筆，但每一拿起畫筆就浮現那可怕的一幕；生為台灣人，並為台灣貢獻一生的先驅居然死在自己熱愛的祖國手中，父親每思及此，他迷惘、他痛苦、他矛盾極了，想著這一生再繪畫又有何用？浪漫、熱情的心也從此被冰凍。

一九六六年，劉新祿公職退休，才再重拾畫筆，開設「綠蔭畫室」免費教授學生。

不只劉新祿，距離劉新祿家不到五百公尺，經營戲院的張茂鐘也因二二八事件改變一生。

張茂鐘是民雄戲院的第二代經營者，民雄戲院又稱「民雄座」，成立於一九三五年，有別於一九五九年才成立的第一戲院，民雄人都稱它為「舊戲院」。

二二八事件發生時，也是張茂鐘的大喜之日，他曾在口述訪談中提到，三月十三日，陪同新婚妻子坐火車回娘家，親眼目睹二二八受難者遭槍決的畫面，在火車上，穿著黑衣的軍人上車恣意搜索旅客行李，看誰不順眼便出手毆打。這些殘忍畫面歷歷在目，即使張茂鐘只是安分守己的尋常老百姓，但卻在心中埋下反抗的種子。

二二八事件後，國民政府擔心人民反抗再起，施行「五房連保」措施，一家有事，鄰里遭殃，白色恐怖接連而至，限制言論、打壓異己，全台風聲鶴唳。雷震被抓後，更引發張茂鐘對異議刊物的好奇，開始閱讀遭查禁的《自由中國》。

此時，第三世界國家陸續脫離殖民國宣布獨立，張茂鐘萌生「唯有台灣獨立才能重返台灣社會的想法」。但「革命」、「獨立」對當時只是在虎尾黃金戲院擔任管理員的他來說，實在太過困難，卻也因此開始為許世賢、蘇東啟等人義務助選，結識多位關懷社會的熱血青年。

一九六一年三月十日，國軍一〇七四部隊第二營計畫從虎尾移防到鳳山基地，他和林東鏗等人前一日發動突襲，以「訂貨須照期交」為暗語通知雲林同志準備行動，欲奪取軍械，作為未來革命裝備。當晚十多人抵達樹仔腳營房，但發現人手不足，再加上軍營所見皆是大砲，無法搬運，決定取消行動。雖然如此，蘇東啟等人仍希望繼續吸收同志，再圖舉事。

不過，九月十八日蘇東啟便遭逮捕，隔日下午約四、五點，民雄派出所員警邀約已回民雄接手戲院的張茂鐘至派出所商討播放勞軍電影事宜，不料竟將其送到台北保安處審訊。一九六二年，蘇東啟、張茂鐘等人被判死刑，後改判無期徒刑，一九七六年因蔣介石過世，後減刑出獄。

這些都不是虛構的故事，而是真實歷史，但有時真實的歷史荒謬到得用奇幻故事才能訴說。盧鈵欽遭槍決時，只有三十五歲，妻子林秀媚在他的墓碑上寫著「死在歷史上」。受難者用鮮血與生命寫下歷史，嘉祥用音樂與文字讓被遺棄的生命，看似虛幻卻是真實地傳唱下去，不論他是在故鄉，或在遠方。

*本文作者管中祥先生現任國立中正大學傳播系教授。

活在故事中的物鬼神人：張嘉祥的生物質層書寫

鄭順聰

女兒與太太都在城市裡長大，每次帶她們回嘉義民雄家，我都會故意開車到阡陌鄉野間晃遊。她們難以感受「風吹田洋」的悠閒與樂趣，只覺得無聊至極，叨唸著說：

行到佗位攏嘛仝款。

聽聞此言，我隨即反駁說，可處處都不一樣咧！你看那田埂的線條之間，蘊藏著豐富的生機，花草果樹與無邊的稻子，更有青蛙蜻蜓蚊蟲與蛇……大樹總在大地的風水處點穴安座，天氣清朗時可望見遠山，還有自在的鳥與勞動的農人們：

行到佗位攏無仝款。

妻女全然不想聽了，耳朵自動長繭，轉移話題玩鬧去。

每次回鄉，總重複同樣的話題，好似itune按下重播功能。然而，自從裝咖人樂團《夜官巡場》專輯發行後：

仝款話母，無仝款的風景。

鑼鼓聲點點序奏起，鼓吹（kóo-tshue，嗩吶）於音域的高空拉出昂揚。緊接著眾聲齊奏、生死騷動，環繞著廟埕、村莊、田野，建構起真實交錯的音場。

我沒說實話，妻女看起來單調無聊的風景，在我的眼中，每一處角落與陰影，可蘊藏著古老的故事，瘖啞著哀傷的人，被放逐的物鬼神人，流竄且環繞著。

在我眼中，《夜官巡場》非虛擬小說，乃真實的事件，故事裡所寫的物鬼神人，一點也不稀奇，絲毫沒有恐懼感，因都是從小生長於田野的我們之所見所聞，就像扮仙，日日在左鄰右舍家裡頭，危險田野，廟宇與溝圳，還有孩子的陰陽眼中上演。古稱「打貓」的民雄，我們的鄉野日常，總會有位活在病與時間之中的阿媽，被現實碾壓的親戚，沉默嚴肅的父親，以及一位大姐姐「周美惠」——宜與洪明道《等路》中的洪小姐並讀，她們的生理或背景有無法彌補的殘缺，被中南部社會的傳統結構綁住，卑微地留存最後的掙扎與盼望，是生理男主述者的好奇、曖昧、鏡照，更是對過往歷史與生命歷程之回顧。

嘉祥筆下的人物，比明道的更為破碎邊緣，借書中的台語，我稱之為下跤層（Ē-kha-tsân）。它們存在於台灣城市邊緣的鄉村的更邊緣，毫無能力到外地發展，俗說的無出脫（bô tshut-thuat），是荒野懸崖下被丟棄的層疊霉臭，僅靠先人留存的老舊房舍與前現代技能，「生物質層」般存在著。

與人共處的遊鬼棄神也走不出去，在鄉野間徘徊晃遊著，神不靈、鬼不惡，帶殘缺的身世，哀怨的心情，被更為怖懼的巨大結構控制著。

物鬼神人的命運是一樣的，早存在於台灣的大城小鄉，不只我們民雄，全台如此這般的地方到處都是。但打貓人不同的是，我們用文學藝術銘記，不斷生產文本：中正大學「重構大學路計畫」做了詳盡紀錄且煥然活化；阮劇團一系列的劇本與演出，場景原型往往位於民雄，是台語編劇盧志杰的氣口轉化；順聽我也在《家工廠》、《晃遊地》、《大士爺厚火氣》與詩句中持續建構著，更是導演盧盈良紀錄片《神人之家》凝視的故鄉。

我是土庫仔（Thôo-khòo-á）的囡仔，筆調抒情詩意；隔壁庄的嘉祥則用淡淡的哀愁口吻，紀錄片般的手法，穿越起霧的芒果樹隧道，帶讀者聽眾走進火燒庄（Hué-sio-tsng）的魔幻場景。那是一種神祕的招喚，招喚嘉祥這外出的遊子回鄉，回顧記憶中閃現的好奇與靈異，凝視現代科學與分類譜系中無法歸納的真實。

相對於將靜物的影子細描於牆壁的當代城市書寫；嘉祥將北管的激昂尖銳順入其流動的書寫。

在此思考文學史思考得更為澈底的時代，稱呼此類型的著作為「鄉土文學」或「新鄉土書寫」，是學術上的歧視與汙名。非奇觀窺看，拒絕虛偽的悲憫，學術距離與理論架構絕對是種詭計，這是我們生命的真實。

我總覺得每個人在長大前，都會天生懂一些咒語、法術或巫術，總會有靈驗的瞬間，不管多麼荒誕。

——〈燉一鍋菩薩肉〉

同是東榮國小校友的嘉祥、志杰和我，都曾親眼目睹且體驗過，我們是活在故事裡的打貓人，深切記得且寫了下來。我的本質是詩人，志杰為劇作家與表演家，嘉祥則彎下狗公腰，全力地吼，在鑼鼓聲的點醒下，鼓吹昂揚吹起，這道浩浩蕩蕩的隊伍，即將在繁華熱鬧的田野巡場：

綴夜官做伙過橋囉！

＊本文作者鄭順聰先生是嘉義民雄人。東榮國小、民雄國中、嘉義高中、中山大學中文系、台師大國文研究所出業。作品有《時刻表》、《家工廠》、《海邊有夠熱情》、《晃遊地》、《基隆的氣味》、《黑白片中要大笑》、《台語好

日子》、《大士爺厚火氣》、《仙化伯的烏金人生》、《夜在路的盡頭挽髮》、《我就欲來去》、《台語心花開》。

自頭講起

Tsū-thâu kóng-khí

玉女，細漢時我佇厝內便所看過親像蠟（lȧh）去做的玉女，目睭金金掠我看，敢若袂講話，等我換阿母來的時都（to）看無影矣。

阮兜徛佇民雄的火燒庄，是風吹田洋的所在，夜官、羅漢、菩薩、水流媽抑是侯爺，攏是我記持中的正神、野神、孤魂、逐工相照面的阿伯、阿姆，浪溜嗹開全拖的司機。

彼時我常常踏孔明車，綴大溝趖規个庄頭。日時，庄頭是正神的時辰，暗時，庄頭是野神和孤魂的巡場。講驚是會驚，但是閣較濟，野神和孤魂攏是庄跤自本生成有的。

這是我寫予故鄉的歌，寫予火燒庄的歌，寫予所有受難孤魂的歌。

〈自頭講起〉
說書線上聽

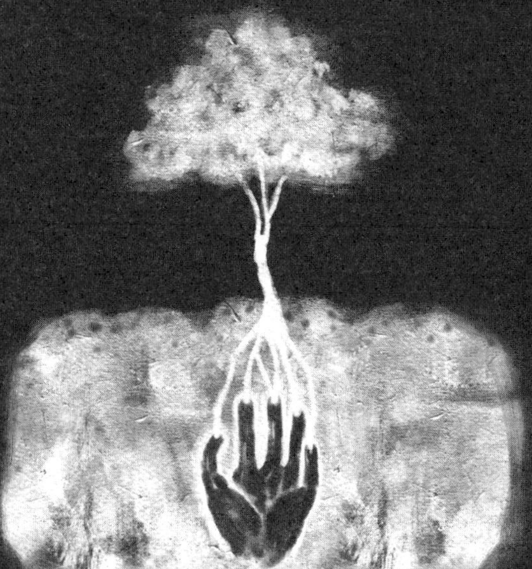

華語翻譯

玉女，小時候我在家裡的廁所，看見等人高像是蠟像般的玉女（金童玉女的玉女），眼睛睜得大大的看著我，好像不會講話，等我拉著媽媽來的時候，玉女已經消失得無影蹤。

我們家在民雄的豐收村，是風吹過稻田像海洋的地方，夜官、羅漢、菩薩、水流媽或是侯爺，都是我記憶中的正神、野神、孤魂、每天見面打招呼的阿伯、伯母，四處遊蕩遊，開大型貨車的司機。

那時候我常常騎著腳踏車，依循著灌溉水圳繞騎整個村庄。白天，村庄歸正神管理，晚上，村庄是野神和孤魂巡場的時間。說怕是會怕，但是更多的是，這些野神和孤魂都是村庄自然的一部分。

這是我寫給故鄉的歌，寫給豐收村的歌，寫給所有受難孤魂的歌。

序章　重返烏托邦：南國・火燒庄

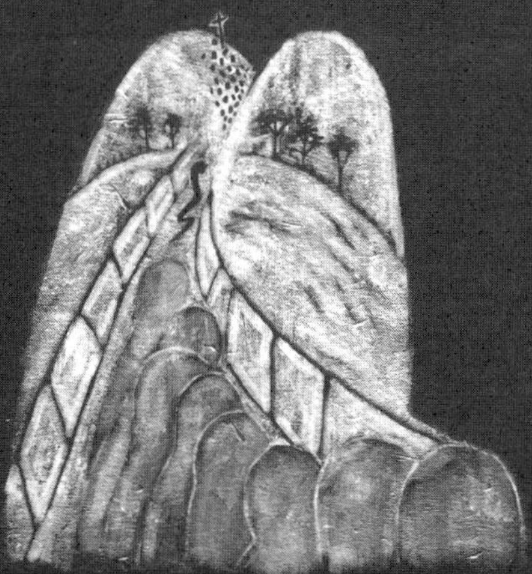

若是過去庄頭那邊，你會遇到一群野狗，牠們狗多不怕人，尤其不怕囡仔。

在火燒庄[1]的五穀王[2]還看得到橫列成景，被移走前的芒果樹時，那時候的我只有九歲多，剛學會騎腳踏車，一整年裡最期待的是農曆四月二十六日，五穀王的生日時辰，比過年除夕還高興，那天家裡會來很多人，不認識的叔叔阿姨也好、認識久沒看到的親戚囡仔更好，總會比父母冷戰中讓人窒息的空氣活絡。

那時候的我會被指派一項任務，要去靠近土地公廟的巷子民房中買雞蛋，家裡其實還不放心我，都是姐姐帶著我去。我至今還是搞不懂，那間看去跟平常人家沒有分別的紅磚平房，沒有招牌，沒有叫賣吆喝人客，我姐姐是怎麼知道裡頭有人在賣雞蛋的？

1　火燒庄：嘉義縣民雄鄉豐收村舊稱。相傳舊時有亂賊放火燒毀村庄，後村庄就被稱為火燒庄，但全台灣不止嘉義地區有亂賊放火燒庄的傳說，也不只一處火燒庄。

2　五穀王：即神農大帝。火燒庄中心的正神主廟「五穀王廟」，建立於一六九三年，至今有三百餘年的歷史，廟體與內部供奉的神明歷經變動與擴建，傳聞過去曾經供奉過夜官神像，是火燒庄的信仰中心。

賣雞蛋的老闆是個阿婆，已經忘記她的名字，只記得裡頭燈光不亮，有些昏昏黃黃，一籃一籃的雞蛋就疊在牆旁邊，有些雞屎腥臭，阿婆也不會招呼我們，籃子旁邊有袋子，需要多少自己挑、自己撿，撿完給阿婆秤重、付錢、離開。沒有什麼多餘的話，阿婆也不會想說些什麼，姐姐其實不喜歡來這裡買蛋，在有冷氣的小型超商出現後，賣蛋阿婆就消失在我生活裡。

這群野狗每次都會追著我跑，我對自己的腳踏車跟腳很有信心，從來沒有讓這群野狗咬過，只是牠們吠得很大聲，像我是什麼罪大惡極的人。

小時候的時間過得緩慢，都盼著有什麼會改變發生，尤其想方設法地逃離家裡，逃到空氣軟一些的地方。我流浪在不同的親戚朋友家，有時候會被母親抓回去，我印象中有兩次父親來找我，一次是朋友家，應該是母親拉著他來的，最後被朋友的父親勸回去：「囡仔留佇這耍嘛無啥物毋好矣。」

另一次父親站在他不願進去的親戚家門口，不肯進來，問我為什麼都不回家，要我回去顧店仔：「你規工攏無佇厝，是咧創啥物?!」

我就是趁著他們不注意或者意志薄弱的時刻一次次逃出家門、逃出火燒庄、逃出南國。

在《聊齋誌異》中有記載一則〈野狗〉[3]的篇目。大致上是說在舊時戰場上有一個裝死躲避戰鬥的士兵，在戰役結束後還躲在屍體堆中，忽然所有屍體都站起來說：「野狗子來，奈何。」

父親是民雄工業區一家造紙工廠的小主管，四月二十六日這天找了三、四個公司裡的好朋友來家裡吃飯喝酒，平常對於父親的印象就是沉默跟嚴肅，在這一天父親展現出完全不同於跟我們相處時的神情，常常在笑，一點也不可怕或帶有壓迫感。其實

---

3 野狗：出自《聊齋誌異》卷一〈野狗〉。回到家的我像是一條野狗，離開家超過半個月、一個月，偷偷進家門都有一種罪惡感，阿爸阿母不太會打我罵我，就像經過那群野狗，從來沒有咬過我，但每次經過我都很害怕，快速地經過。

在我的記憶裡，我的父親從來沒有大聲怒罵過我，或者死命揍我的行為，他只是沉默嚴肅，在他身上不會找到一點放鬆跟懈怠，連帶著夢和理想都離他遙遠。大學之後讀到法蘭茲·卡夫卡（Franz Kafka）、侯孝賢的台灣電影、吳念真的《多桑》，我這才驚覺，我的父親就是台灣或者說全世界父親的縮影，是父權社會下《變形記》的「甲蟲」[4]父親。

我的父親在這天暫時「變形」回人，是放鬆和親人的，跟我說了幾個黃色笑話，父親的一個同事來逗弄我，說我是不是不愛回家？我的母親在這個場合是尷尬的，除了傳統父權社會要求母親要帶好小孩的調侃，另一個主要的原因是，我的母親曾經因為我父親喝酒不回家，就一個人跑去公司聚會現場翻桌，父親同事這句話調侃的可不止我一人，於是母親的聲響可是一點都不小。我記得那年的四月二十六日父親像敗了興致一樣，草草結束那天的流水席，這次之後，我再也沒看過父親帶他任何一個同事回來家裡吃辦桌。

我遇過很多野狗，有些狗的耳朵或是鼻子很敏銳，明明離得很遠，就看牠從遠方的一個小黑點或小白點，急追至我腳踏車旁已經是龐然大物，狂奔過來要咬碎我。我於是更用力、努力地踩腳踏車，沒有一次讓牠們咬到。

讀書一直不是我擅長的，尤其是學校的課程，那些數字運算和加減更讓我恐懼。高中的時候萬幸考上一間國立的高職，在嘉義來說不算差，只是主要科目是會計和經濟學。經濟學還有趣一些，畢竟還是社會學相關的學科，但是在會計的課堂上我就時常聽到恍神，幾次之後就乾脆在桌子底下讀自己的書，什麼書都看，一開始不會挑書，從小說到歷史、哲學、波特萊爾、甘耀明、吳明益、陳雪、駱以軍各種雜瑣的書。我在課堂上不會吵鬧，老師們也不會強迫一定要專心在黑板上，有種彼此心照不宣的默契。

這些雜書漸漸讓我有一些自己的心得，輾轉交作品來到台灣的東岸，來到後山念大學，真的逃出了南國、逃出了火燒庄。在這片後山，在這個專門教授現代文學的科

---

4 甲蟲：阿爸下班後會坐在大理石椅，他面前是一台電視，閃爍的白光會讓阿爸的外表逐漸硬化，形成棕黑色的甲殼質，眼睛失焦霧化，四肢縮回胸前，長出八隻長腳，講著蟲族的話，讓我們害怕。

系，我快樂又感覺到自己嚴重的失根和水土不服，不是生理上的，是類似於阿爾貝·卡繆（Albert Camus）《異鄉人》描述的那種局外人的感受，我其實沒有特別想念火燒庄，但是總是會不由自主地想起它。我的意識裡還是抗拒著回到火燒庄，但是有時候聽著交工樂隊的〈風神125〉就眼眶泛紅，回到火燒庄找以前的親戚朋友吃飯或相聚是沒用的，彼此的生活型態已經不一樣，價值觀甚至語言都已經不再一樣，從童稚到高中青少年階段要好的朋友，從此我們沒辦法再走進彼此的價值核心，在南國，在火燒庄我更直面地體認到，我不只是逃離南國、逃離火燒庄，是逃到連回去的路都找不到，套一句俗濫的文學辭彙，我已經變成「在故鄉的異鄉人」[5]。

那些野狗叫得我害怕又煩躁，這時的我身體還很瘦小，我騎到路邊撿了一根沒什麼懾服力的竹杆，用力往野狗群裡衝去，一邊亂揮舞竹杆。這群野狗突然不復往常的凶惡，四散跑開，留下有些錯愕的我。

這兩、三年回到火燒庄不外乎婚喪喜慶，喜的少喪的多，於是回到火燒庄就像在奔喪。出乎意料的是，自己與父親和母親的關係緩和了不少，也或許是拉開了生活距離之後，從前看來壓迫高大的父親也變得像個普通的中年男子，甚至有些矮小，和我一樣。我也漸漸發覺父親和母親有著自己獨特的方式在照顧我或者關心我，雖然父親反同又父權，母親迷信又缺乏安全感，但是價值觀的不同和家人之間的關心照顧，我發覺可以慢慢地找到一個平衡點。

我想在我心底還是渴望回到火燒庄的，回到那個時間過得緩慢的村莊，三不五時有騎車過快的大學生摔在斜坡，時不時會有抗議豬舍臭味過重的學生或民宿業者，還有在竹仔跤鏇肥料，停下休息吹涼風的片刻。最好能回到時間緩慢的四月二十六日，火燒庄的戲台還沒拆，彈珠檯和燒酒螺的攤子會緊鄰，已經成仙做佛祖的阿媽會牽著我的手去看戲，撿台上灑落的糖果塞到我嘴裡，村庄外的芒果樹還沒被修剪，遠遠看過去像一條綠色的隧道，我只要穿過隧道就能夠回去，回到高度「異化」之前的自己。

5 在故鄉的異鄉人：轉化自阿爾貝・卡繆（Albert Camus）《異鄉人》一書。阿母沒有死掉，但我小時候常常幻想阿母死掉的景象，一想到我就很難過。

沒有了野狗，我騎著腳踏車從庄頭出庄，往民雄市區的方向騎去，那是另一條更茂盛的芒果樹圈成的綠色隧道，據說已經有百年的歷史。這裡離土地公廟比較近，往左看去就會看見土地公廟，母親和阿媽嚇唬我說，土地公廟曾經有村裡的阿伯坐在廟裡的凳子上去世，要我少去，我於是更好奇，多跑去土地公廟好幾次，什麼也沒有發現。

穿過隧道後，外面是一條又一條連接彼此到遠方的大馬路，我越往前騎去，火燒庄就離我更遠一些，越來越遠，一直到我看不見為止。

第一章 下坡地・潛逃在外：新物

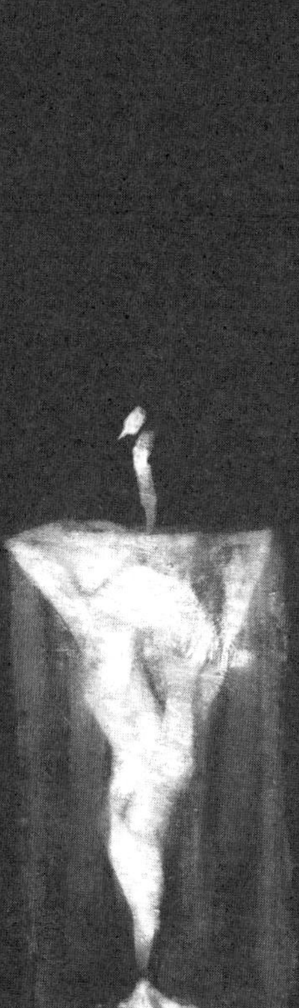

有一段時間，厝內的物件愈來愈新，若親像生活和一切攏愈來愈好仝款。

每個週末放假日我幾乎都會逃離家裡，前半個五年覺得阿爸的沉默與冷漠嚴肅是一切的原罪，後半個五年覺得阿母貌似受害者的姿態隱性地控制丈夫與小孩，這十年來覺得這是阿爸阿母他們夫妻間的事，我們無能也無力介入，同時覺得阿爸大部分的時間在容忍阿母長年進行的黑色喜劇，又無法原諒阿爸如同多數東亞父親嚴肅沉默喝醉崩潰後跟阿母動手。從七歲開始，我至今還潛逃在外。

日本人片岡巖所寫的《台灣風俗誌》[6]中記載，一九〇六年嘉義梅仔坑大地動的時陣，有人佇搖佮必巡的山坑底看著地牛的尾溜，當時的人認為大地動是地牛翻身的緣故。

在嘉義市的北邊，西部平原上眾多的農村之中，我一直以為我們的庄頭是最不起

6 《台灣風俗誌》：一九二一年出版，片岡巖著，詳細記錄日治時期台灣當時的常民文化、宗教禮俗、飲食習慣、歌謠、舞蹈、娛樂、職業等。

眼的一個，卻也似乎不是，在我出生前的時間裡，村庄裡的主廟捐出了大片的山坡地給大學當校地，那個方向是通往竹崎、梅山的路，在我出生後的幾年大學生車禍頻繁，連我謹慎的阿公也和大學生機車相撞過。

在出了大學的東側門後，往前再深入一些，是我外公外婆的家，在地人習慣稱這裡為「內山」，相對於村庄的關係。我多數的童年假日都在內山中度過，多半是我逃到此處，父母起初還會親自來或打電話來叫人回家，久了也就任由我。外公外婆家腹地廣大，這裡其實是一處不斷向下延伸的下坡段，來到門口埕前還需要經過一段將近六十度的長坡，下坡後房舍成ㄑ字型，中央是頗為廣闊的門埕，ㄑ字對角是一片小懸崖，據說這裡就是古早梅山大地震[7]的地震帶，小懸崖旁頑強地長了一棵巨大的龍眼樹，舅舅們說樹從他們小時候就已經這麼大。

Amis 族群有一種講法，塗底有一隻大水牛，伊若是忝啊，伊就會振動伊的身軀，一振動台灣就會地動。日本人類學者伊能嘉矩，一八九六年的時陣發表佇《東京人類學會雜誌》[8]的文章，記著淡水平埔族有地牛傳說，有一種講法認為地牛翻身的傳說毋是來自漢人，是來自台灣原住民，因為漢人做田重牛，仝時漢人是強勢文化，原漢相結了後，共地牛翻身的傳說變做主流。

那面小懸崖是外公外婆家的垃圾掩埋場，無論是有機或無機的就都往下面傾倒，倒是也沒有什麼臭味，因為務農的關係，其實無機的垃圾比較少，大多是一些竹子、筍殼、落葉的有機垃圾。我一直以為那裡是永遠填不滿的地方，果然至今也沒有滿過，雖然可能也是因為外公外婆去世後那裡漸漸人跡稀少，往下望去莽草生機勃勃，大龍眼樹樹蔭遮蔽，有陣子我會多撿一些落葉或大人們口中掉落的檳榔渣丟下懸崖，想像它們在懸崖下腐爛成機質，繼續滋養大龍眼樹與土地。

這片土地嚴格來說並不算私有地，模糊的記憶中記得政府有一天會收回這裡，只

7 梅山大地震：一九〇六年三月十七日凌晨發生芮氏規模 7.1 的地震，震央位於梅山鄉，是台灣地震史上傷亡最大的地震之一。據阿公口述，他認為地震是因為，山仔跤賣米糕糜的，做生理無老實，水濟過米傷濟，予落山食早頓的侯爺大人受氣才會地動。

8 《東京人類學會雜誌》：一八八六年創立，截至目前為止仍持續出刊中，是研究東亞歷史、文化的重要參考資料。伊能嘉矩在《東京人類學會雜誌》發表第一回的〈台灣通信〉，開啟研究學者對於台灣的探究與調查。

是遙遙無期於記憶中。時間再過來一些，有段時間我在台南念書，外婆過世的前幾年，我少回家一如以往，偶爾回家會接到外婆的電話，七十幾歲的外婆因為糖尿病雙眼弱視半盲，耳朵還有些重聽，生活的重心是嘗試打電話給在外成家的兒子跟出嫁的女兒，希望他們會接電話，有時會把我的聲音錯認成我阿爸，語重心長地說要對我阿母好一些，幾次之後我也不糾正外婆，把電話交給我阿母就是。

台灣日本時代的詩人賴惠川竹枝詞[9]：「連人帶屋北移南，決岸崩堤草嶺潭。聞道地牛毛一振，能令大地作搖籃。」除了地牛以外，閣有「地生毛」[10]會造成地動的講法，這其實較接近漢人的觀念。佇《金門志》[11]中有按呢的文字紀錄：「嘉慶十六年夏，夜有聲自東南來，地震。明日，地生黑毛，長寸許，類豬鬃。」

平常上班日，舅舅阿姨們工作忙碌到實在抽不出時間的時候，二姐有時會擔任起送餐的角色，通常是午餐，如果午餐家裡有煮就夾些菜送一份過去，不然就路上買包湯麵給外婆當午餐。如果是買湯麵，外婆總是會要把買麵的錢給我們，不能欠我們錢，要我們從這個半盲半聾行動又不便的七十幾歲老人手中接過二、三十塊錢，我是拿不下手。有次我也還沒吃午餐，想說多帶一些飯菜過去和外婆一起吃，到了內山才發現舅舅上班出門前有做了午餐，不過時間比較久有些冷掉，就重新加熱了一下飯菜，外婆問我吃沒，我說還沒，要來一起跟她吃午餐，拿了碗筷給她，她忽然說她不餓，要我快吃，能吃完的話桌上的菜就不要留，我很少回家，不知道發生什麼狀況，看向二姐，二姐也沒多說什麼，外婆是頗為關愛的口吻，聽不出什麼生氣的意味，我隨口塞了飯菜，有些奇怪地吃完這一餐，心裡有些泛酸。

童年的印象至今都很清楚，外婆坐的沙發旁會有一個小暗格，如果正餐時間還沒到我們就喊餓，外婆會從裡面拿出一包泡麵讓我們去吃，我們也很喜歡自己動手去搜

---

9 竹枝詞：以七言韻文為形式文體，目前最早的竹枝詞紀錄出現在郁永河《裨海紀遊》。我的阿媽也會唱竹枝詞，據她的說法，是讀冊人佇竹仔跤拍抐涼寫出來的，因為竹仔跤蠓（蚊子，bāng）誠厚，讀冊人予蠓叮甲嗤嗤叫（哀哀叫，kainn kainn kiò），所以唱起來有真濟「啊」、「喔」的音。

10 地生毛：目前人類所知，發現一種叫做 *Phycomyces Nitens*（糞便菌）的真菌生物，可以在極短的時間內生長，外型類似人類或動物毛髮，主要分布在歐洲大陸。

11 《金門志》：據傳是清領時期道光年間，金門林家，林焜熿與林豪父子共同編著。阿爸曾經在金門當兵，他說：抽菸的習慣是那時候染上的，你都毋通食薰，我這世人干焦要求你這件代誌。

索那個暗格，有種尋寶的感覺。這裡的成年人只有老人，他們是管不動我們的，某種程度來說，這裡其實算得上一個青少年跟兒童的自治王國，大人們不分假日地忙碌工作，奔波南北，而我從家中逃離來到這片下坡地，感受到全然的解放。

佇《聊齋誌異》中記著清代康熙年間一條有關地動的故事：「康熙七年六月十七日戌刻，地大震……人眩暈不能立，坐地上，隨地轉側。河水傾潑丈餘，鴨鳴犬吠滿城中。逾一時許，始稍定。視街上，則男女裸聚，競相告語，並忘其未衣也。」[12]台灣嘛有一个傳聞，講康熙年間台北有湖，佇大地動中出世，湖佮海相連，毋過文獻和歷史材料較少，無就是揣著的歷史材料講法相衝，到今仔日攏無辦法確定是真抑是假。

有一段時間，我一、兩個月潛逃在外，悄悄回到家後，發現家裡換了新冰箱；又另一次潛逃回來後，發現阿爸把大頭電視換成了新的液晶電視；有時候是阿母換了新的神明桌桌巾。幾乎每一次回來都會發現家裡有一些變化，換了新家電或家具，甚至小到只是買了一雙新拖鞋回來，我總感覺這一切似乎會越來越好，總有一天家裡的一切都會被換過一遍，全然一新，只要是我記憶中曾經有的，被替換過的都是新的。接著我就想起外婆家梅山地震帶的那面小懸崖，我一點一點撿拾枯葉、菸蒂、乾掉的檳榔渣、筍殼丟入懸崖，在心裡想著它們腐植成機質，反哺成黑色泥土滋養大龍眼樹，樹就長得越加茁壯，枝葉蔽天，長長久久地活下去。

可能是我太久沒回去的關係，我記憶中的大龍眼樹並沒有活那麼久，前年回到外公外婆都已經不在的下坡地，原來成群的小孩都已經長大各自在外工作，舅舅阿姨們各有各的家庭事業，原來廣闊但吵鬧的下坡地一下子就變得太空曠，所有存留的人事物都像蒙上一層灰，怎麼擦也不覺得新。大龍眼樹早就已經死去，甚至半截樹身都被鋸斷，原本遮蔽小懸崖的枝葉，現在露出好大一面的天空，還看得見遠方通往梅山深處的柏油公路，不時有車輛來往，下坡地從來沒有那麼遠離社會。

---

12 佇《聊齋誌異》中記著：出自卷二〈地震〉。五千年前的台北盆地，傳說是一座巨大的沼澤，巨大的原生樹木遍布其中。清領時期康熙年間，發生康熙大地震，也有一種謠傳說是地震把台北盆地底部震出一塊缺口，水從中漏光。

佇鄭世楠、葉永田為防災研究中心所寫的〈地震災害對台灣社會文化的衝擊〉[13]論文中講著，一九〇六年發生的梅山大地動閣有一个料想袂到的影響，這个地動加速推捒女性縛跤解放的速度。儘管當時日本政府嚴格取締縛跤的風俗，佇福佬族群的女性中嘛是將近六成有縛跤的習慣，佇梅山大地動發生的當時，死亡的人員中有相當的比例就是縛跤的女性，這擺的大地動予這寡有縛跤風俗的長輩感覺著，應當毋通縛跤，拄著地動時較好逃命。

甚至可能更久以前大龍眼樹就已經死去，是外公去世後這裡的人就蒙上一層弱視的灰，地板和沙發怎麼擦都有一股尿騷味，暗格裡早就沒有零食泡麵，我和二姐來送午餐時大龍眼樹就不在了吧？大龍眼樹聽說是壞了根，救不了的，更早以前住過這裡的表哥說大龍眼樹上曾經養過台灣獼猴，很凶，他就跟獼猴打架，獼猴的爪子很利，抓得雙手流血，痛得表哥眼淚直流，被大人嘲笑連猴子都打不過。救不了的就只能放在那邊，看著大龍眼樹漸漸枯萎，舅舅們怕有一天乾枯腐朽的樹身無預期地倒下來壓到人，就將過高的樹身鋸斷，空出一塊安全的天空。

我則是在想，以前我丟入懸崖的那些枯枝枯葉、檳榔渣、筍殼有沒有爛成黑泥了？有沒有曾經滋養過大龍眼樹？為祂的敗根[14]死亡延後幾秒鐘？或者只是加深祂殘喘的痛苦？

13 鄭世楠、葉永田〈地震災害對台灣社會文化的衝擊〉：出自《災難與重建：九二一震災與社會文化重建論文集》，中央研究院台灣史研究所出版，二〇〇四。頁一三一—一六二。

14 敗根：在佛教上，又稱敗種，譬喻永不成佛者。外公外媽兩擺過身的時陣，聽講阿舅和阿姨個攏為著欲氣切、拔管的代誌吵佮反桌擛菜刀請神明。

乩身
Ki-Sin

佇阮庄頭的鬼湖，有蹛一位羅漢，伊是侯爺的乩身，嘛是荏懶（lám-nuā）掛悲哀的乞食命。

十八歲彼年，少年羅漢佇廟裡起童，化身侯爺。自彼擺了後，伊不時就會看著侯爺。便若行到水岸邊，就會看著侯爺對水中浮起來；便若踏入山內，伊就會感覺著侯爺的目睭，佇樹仔頂共看。

侯爺對少年羅漢講：「羅漢啊，你若毋願做侯爺，這世人就愛來做羅漢，永世無法度超脫。」

〈乩身〉
說書線上聽

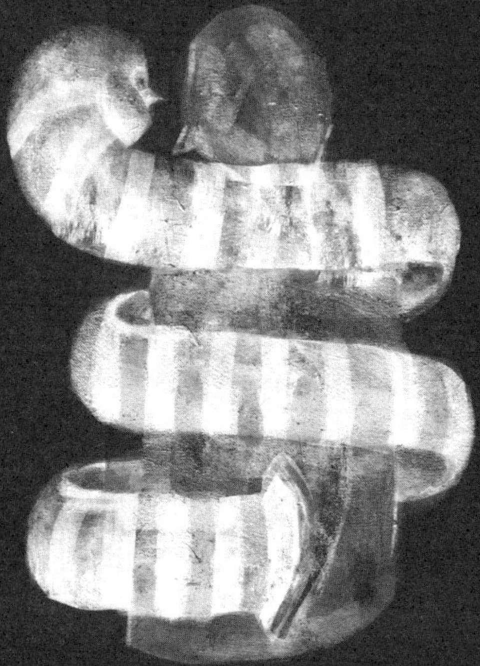

華語翻譯

在村里的鬼湖岸邊住著羅漢，他是侯爺的肉身，也是骯髒懶惰又悲傷的乞丐命。

十八歲那一年，少年羅漢在廟中化身侯爺，自此之後，他就不時會看見侯爺，他如果走到水岸邊，就會看見侯爺從水中浮起，他如果走入山群中，就感覺到侯爺的眼睛在樹上看著他。

侯爺對著少年羅漢說：「羅漢啊，你要是不願成爲侯爺，這輩子就要當羅漢，永遠永遠無法超脫。」

第二章　燉一鍋菩薩肉

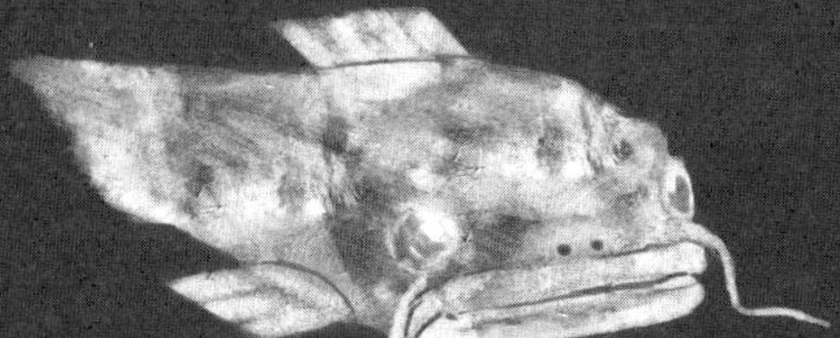

離開下坡地之後，丘陵地彎曲，後來的幾年裡慢慢被開墾為鳳梨田。時間在那之前，在潛逃之前的時間，阿爸阿母還能平和講話的時候，在家裡還沒換掉阿爸老舊TOYOTA之前，我的記憶停留在客廳洗石地板沾有泥土腥味的氣味。阿公身體勇健得不得了，一隻腳踩滿我小半個背上，笑講我和土地足倚近，還有一隻叫「闊喙仔」的沙皮大狗，是阿爸富裕青年最後的遺物。阿母還沒出車禍，右腳釘進五根大鋼釘，每逢陰冷濕熱就發麻的斷腳之前，時間在那時候，從那時候開始，我們遇見會燉菩薩肉的遊庄食客。

四散在嘉南平原上面的鄉野村庄，每個庄頭都會有遊蕩的羅漢和仙人，他們的白話文解釋比較像是台北有名的「阿彌陀佛姐」[15]和「政大搖搖哥」[16]。羅漢和仙人倒

---

15 阿彌陀佛姐：一人一腳踏車出沒在台北各大夜市，唱念阿彌陀佛真心為眾生祈福。二〇二一年，第十二屆金音創作獎邀請阿彌陀佛姐拍攝頒獎典禮影片「高手在民間」。

16 政大搖搖哥：台北市少有的踏雲羅漢，遊蕩在台北市文山區國立政治大學周邊，走路時會揮舞手臂、搖頭晃腦、自言自語，但少有言語或肢體的攻擊傾向。二〇一六年台北市政府沒有經過搖搖哥本人同意，無預警派出警員將搖搖哥強制送醫，隔日學者以及人權團體在法院門口開喊：「停止濫權，立即放人。」當日晚上搖搖哥隨即獲得釋放。

也不一定全都是精神或智商狀況出問題的人，我們就認識一個四十幾歲的羅漢，騎著一台野狼125整天窩在某間貨運合作社打零工，吃住睡都在合作社，散工之餘，就半躺在沙發上看19台Discovery探索頻道，或者騎著他的野狼在村裡遊蕩，遊蕩時做什麼有時候就不知道了。

庄頭今日北管奏得熱鬧，〈風入松〉[17]正演奏到入弄[18]的段落，樂手們早就把樂譜熟背，不用看工尺譜，仔細聽的話，會發現結構很類似西方爵士樂自由即興的段落，北鼓指揮會用鼓點告訴大家，要開始囉，這一段，音符你可以自由選要高八度或低八度地吹，記得要出弄就好。這是還住在村庄時的我不懂的，只覺得北管音樂就是嗩吶吵雜無章的聲響，每次五穀王爺的生日，背景音樂是熱鬧的嗩吶鑼鼓，只覺得吵，不如來擺攤的街機台音效有趣，現在仔細想想，對於火燒庄，多的是我看過聽過，卻完全不理解、不明白，沒有進入事件裡層的事情。

現今一百零二歲的阿公共阮講過：「過去咱的庄頭號做火燒庄，是一个客人仔庄，號做火燒庄是因為咱庄頭的人較凶歹，較早有土匪到附近的庄頭收錢，咱庄無錢毋願交，提槍攑刀就欲和土匪摔拚，阿祖講：『官府連一隻貓攏無來。拍輸拍贏毋知，但是庄頭予土匪放火燒去，以後附近庄頭的人攏叫咱庄，火燒庄。』」

「四隻白鳥鼠，想欲炕番薯；柴火直直添，厝頂燒燒去。」[19]

周美惠住在阿公家隔壁，是我們中的一個，上小學前我們會一起去家後面的大片稻田邊的灌溉溝渠，用童謠互相嘲笑揶揄，看裡頭的螃蟹或水蛭、魚，我們也就我跟她兩個人而已。接下來的視角，我想放在周美惠身上會比較精準，畢竟她跟菩薩的關係比較近。

---

17 〈風入松〉：北管傳統曲牌，是北管曲牌中很常演出的經典曲目，不管是排場或是繞境都可以演出，常常是北管入門的學習牌子。

18 出弄入弄：北管的演奏規則，意指在約定的樂句中，重複來回演奏，類似西方反覆記號的功能。進入反覆記號稱作「入弄」，脫離反覆記號稱作「出弄」。而在入弄期間，不同的北管軒社有不同的約定演奏默契，比如樂手可以自由演奏高八度或低八度的音符等。

19 四隻白鳥鼠：台灣童謠，常被當作教導兒童台語的童謠教材。阮兜有一暫仔抓著真濟錢鼠，予籠仔抓著了後，阿爸抑是阿媽會共籠仔园佇日頭火燒仝款的點仔膠面頂，錢鼠佇籠仔內跳一咧、飛一咧飛一咧、跳一咧，親像予火燒著，我第一擺感覺著火燒庄真正親像火燒。

20《嘉義縣誌》：本庄上早的名號做太平庄，到同治元年（一八六二年）戴萬生（戴潮春民亂）做亂，庄人隨清朝官兵對抗戴萬生，亂賊放火燒庄，就予外庄的人講是火燒庄，後來正名做好收庄。相傳鐘姓的先人來到遮時，為著祈求風調雨順、五穀豐登就起廟供奉五穀王，到日本時代，明治三十九年梅山大地動時（一九〇六年）主廟倒去，就由當地頭人陳實華籌款一千三百箍重起，仝時共倒毀的王爺廟和土地公廟主神、太子爺合奉佇五穀王廟。

周美惠不太愛說話，庄裡的其他小孩會嘲笑周美惠沒有阿爸阿母，周美惠不喜歡那些小孩。我曾聽阿母講，周美惠的阿母和她阿爸離婚，是跟別的男人跑了，以前周美惠的阿爸在隔壁，他們家開金紙店，離婚後受不了打擊，在金紙店二樓臥室上吊。周美惠還小，不知道他阿爸死掉，過了四、五天住在庄尾的周美惠阿媽，聽說金紙店都沒開門做生意，想說兒子一定是喝酒喝到毋知人，要來罵周美惠的阿爸，一開房間門發現周美惠躺在床上沒有意識，一股腐爛的死老鼠味充滿整個二樓，那時候是最熱的八月，阿母說周美惠的阿爸臉黑到認不出樣子，臉上還一直流臭目油。

阿母說，周美惠的阿爸如果不要那麼愛喝酒，周美惠的阿母就不會跟他離婚了，說完看了一眼阿爸。

法會之後，周美惠的阿媽就把金紙店二樓重新裝潢，租給附近大學生。周美惠阿爸的臥室有個對外的窗戶，我們沒去過房間，只能透過二樓窗戶看到臥室有個吊扇，搬進去的大學生為了省電費不開冷氣只開吊扇，我看那個吊扇轉得直直晃，好像有什麼東西讓它不堪負重。

周美惠的阿媽搬進金紙店的一樓，一邊經營金紙店，一邊照顧周美惠，因為周美惠晚上要是沒有在金紙店睡覺就會一直哭不停，怎麼打都沒用。金紙店的生意沒有想像中的好做，環保政策越來越多越嚴格，大家燒香拜拜的習慣也正在轉變。周美惠的阿媽拜託庄裡頭人陳家介紹，到火車站做清潔員，那時候台鐵清潔還沒外包，清潔員也是台鐵的正式員工，待遇算得上不錯，下班後就繼續經營金紙店，還有樓上的房租

20 戴萬生：即戴潮春民亂。台灣民間俗稱萬生反（Bān-sing-huán），發生於清領時期同治元年（一八六二年），是台灣歷時最久的民變。台灣有很多火燒庄，關於火燒庄的來歷也有很多不同的說法，有人說是戴萬生、有人說是林爽文，還有人說是瘟疫燒庄。

收入，生活才算穩定下來。

周美惠的阿媽要是去車站工作，都會拜託附近鄰居幫忙帶周美惠（常常跳過我們家，因為我阿爸阿母也常常無看人），但是我的阿公阿媽住在隔壁開簸仔店，即便到我高中阿公阿媽這裡仍然是庄裡老人聊天、交換八卦的主要場所，我阿公阿媽就會幫忙帶周美惠，說是帶，就是吃飯的時候多添一碗飯，吃完飯我就跟周美惠自己去一邊玩。周美惠不太愛說話，常常是「袂應聲」的那種小孩，要是我這樣，我性格精明雱跤的阿媽早就用凶悍的語言酸到我一定要「應聲」，但是對周美惠我的阿媽就任由她，我原本以為是因為她不是我們家的小孩，阿媽「比較客氣」，但是有一次阿媽跟我說：「人伊是夜官佛祖的現世肉胎，你一粒猴囡仔欲和佛祖神明比呢？」那時候我不知道什麼是「夜官佛祖」，庄裡從來沒有供奉這個神明的廟。

火燒庄當地頭人陳實華，生佇同治九年（一八七〇年），主要事蹟記載佇日本時代，聽講伊予庄內的人號做「賊仔舍」，因為佇伊華美大氣的洋樓後花園，挖著古早藏的黃金來發財。毋過住佇阿舍隔壁的阿祖有共阿公講過，彼毋是真的，陳先生是溫文有禮的讀冊先生，挖著黃金的傳說出現之前，陳家本底就是火燒庄上好額的大戶人家，而且當時陳家後花園整修，就是阿祖去鬥幫忙的，若是有黃金阿祖無可能無看。

庄裡有仙人也是有仙女的，仙女是一脈相承的血緣頭銜，我從來不知道仙女她們家姓什麼，好像姓陳？又好像姓李？周美惠說不定知道，但是問周美惠她都不講話。仙女她們家總共有三仙女，分別是仙女媽媽阿美仔、長仙女阿珠、小仙女阿雪仔，仙女的丈夫是常常酗酒不工作的水電工，家裡有一餐沒一餐的。聽說長仙女其實還有個哥哥，三歲以前都還不會講話，本來以為也是仙人，上國小的時候做智力測驗，從老師、主任、校長一路驚動到教育處，最後再驚動回酒醉清醒的水電阿爸，但這一天也是水電阿爸和仙女媽媽最後一次見到哥哥的日子，社會處安置做了一半，除了哥哥帶去台北不知道哪個血緣關係的遠方親戚收養，仙女們還是留在火燒庄，萬幸的是社會福利資格有幫他們申請，未來幾十年裡還不至於餓死在沒人打掃的家裡。

周美惠常常跟小仙女阿雪仔「玩在一起」……可能有點不精準，是阿雪仔黏在周美惠旁邊，因為除了周美惠沒有人願意跟阿雪仔待在一起，走在一起也不行。阿雪仔身上總是有一股怪味，說是臭又不像我家裡養豬的大便臭味，也不是汗臭，有點像是便當悶在書包半天，中午便當拿出來後殘留在書包裡的味道，明明知道食物沒有壞掉，但是味道就是不好聞。我很慶幸營養午餐制度全面普及化，我只帶了兩年便當，書包裡就有一股兩、三年內都散不掉的味道。

周美惠不會趕阿雪仔走，我雖然不喜歡阿雪仔，但是周美惠沒趕她走，我也不好意思要她走，畢竟周美惠是阿媽認證過的「佛祖」，不管什麼佛祖，只要是佛祖就是很厲害，而且跟著周美惠阿媽就不會罵我。仙女們的家教某種程度來說教育得很好，仙女媽媽會以身作則帶著長仙女、小仙女跟路過的、看見的每個街坊鄰居打招呼。

「火旺仔嬸，勢早」、「水木伯仔，勢早」、「阿峰，你好」。

那時候從來沒注意到，這些仙女的過人之處可能就是她們記住了全村人的姓名跟外號，少說兩、三百人跑不掉。但是要是問仙女媽媽要帶孩子們去哪裡？仙女媽媽會說要帶眾仙女們去打貓[21]市區玩，徒步走上八、九公里的路程，可能到舊市場看某攤燒雞剁雞的動作，並且有機會在收攤的時候分到一些邊角碎肉。我想這兩、三天一次的「遊玩路程」仙女們是快樂的，仙女媽媽不用再被水電阿爸罵憨豬、智障、袂曉教囡仔、袂曉整理厝內、無煮飯。我們村子有一條通往打貓市區的綠色隧道，是從日治時期就種下的芒果樹，兩兩相對，冠葉區彼此相連，夏天走那條路很涼爽，但是要小心掉下來的土芒果，仙女媽媽就很喜歡帶仙女們走那條路，她們會邊走邊撿芒果吃。有一次周美惠跟我說：

「阿美仔對阿雪仔真好，若是有分著燒雞攏會先予阿雪仔，跍佇舊市場貨台偷偷仔先予阿雪仔食，賰的才包轉去厝內，予𪜶阿爸配酒。」

周美惠還是會說話的，只是不愛說話，反正她是「佛祖」沒人管得動她，她想什麼時候說話就什麼時候說，除非她阿媽來，只有她阿媽敢罵她打她。

---

21 打貓：打貓 Tánn-niau，民雄舊稱。最早文獻紀錄為一六三六年荷蘭人記錄當地洪雅族平埔族稱呼本地「Dovaha」，以台語音譯較接近打貓 Tá-bâ，而貓的台語指涉比較接近廣泛的貓科動物統稱；但也有不同的說法，一八七五年二月分，在廈門經商的英國人柯樂（Arthur Corner）來台旅遊探險，日記中記錄打貓為「Tarniou」，表示日治時期之前，本地人的發音應該較靠近打貓 Tá-niau。

> 陳實華為火燒庄寫過紀錄《太平庄誌．災害篇》[22]：「明治三十九年，一月的時陣，梅山山坑底有人發現地牛的尾溜，青紫色的黑毛生佇牛尾消失的空縫。梅山的東面本底有一座湖，湖面真闊，袂輸日月潭，湖邊有庄頭，庄裡的人共湖號做鬼湖[23]，拜的神和外口攏總無仝，神號玄冥侯爺，蛇尾人身，無性別。地動發生前一月，鬼湖凋涔，庄外夜官封山無聲，庄人失蹤無影，一時驚動諸羅縣府，巡查無果，三日後梅山地動，火燒庄民傳說鬼湖庄頭閣佇梅山深山中，予夜官保護。」

野狼125羅漢在庄裡遊蕩，很多時候是在找野味填肚子。我跟周美惠常常跟在野狼125羅漢後面，畢竟村庄不大，他雖然騎著車，但是找野味的竹林或灌溉水圳總是不會太遠，而且野狼125羅漢不是在我舅舅合作社那邊打工，就是到我媽的豬寮幫忙餵豬賺些零花，我跟著他，他也不會趕我走，反而常常會分一些他煮的野味給我吃。

他缺一顆門牙，講話會漏風，但是又很愛風神，講自己很厲害，我舅舅他們都叫他「臭屁仔」。有一次我跟周美惠在舅舅的合作社看有第四台的電視，臭屁仔從合作社二樓睡眼惺忪地走下來，翻了翻綠色的小冰箱，抓了抓頭，看了我們一眼，走出合作社，沒多久我們聽見野狼125引擎發動的聲音。

當我們氣喘呼呼找到臭屁仔的時候，他已經擺好小塑膠椅，坐在灌溉溝渠旁邊的龍眼樹下，蒐集好一袋福壽螺，一邊嚼檳榔，一邊用竹籤挑出福壽螺肉勾在魚鉤上。臭屁仔看我們走過來，露出終於找到觀眾的神情，吐出一口檳榔汁說：「你知影我欲釣啥物無？」

「釣魚仔呀？啊無咧？」

「廢話呀，當然釣魚仔，問你釣啥物魚啦！」

22《太平庄誌．災害篇》：陳實華（一八七〇—一九四五）出身民雄望族，陳家歷代先人曾有多次擔任政府官員的紀錄，至陳實華的時代，家族財力累積雄厚，人才輩出。陳實華除經商之外（號稱民雄三大阿舍），還撰寫地方庄誌，模仿史記的編撰方式，將《太平庄誌》分為頭人篇、災害篇、地理篇、農業篇、舊聞篇、異聞篇等，今多佚失。太平庄為火燒庄的舊名。

23 鬼湖：佇清朝的時陣，梅山的山中有湖，湖邊有庄頭，山跤的人攏講彼个庄頭是仙人所滯，若會使行到鬼湖，就會使揣著庄頭，若到庄頭就脫離輪迴之苦，得道超脫。台灣有真濟所在攏有鬼湖的傳說，佇南投埔里有瑪璘窟的鬼湖傳說，日本人離開台灣的時陣，佮黃金藏佇湖中，揣著的人都會變阿舍，也有人講瑪璘窟死真濟日本人和台灣人，若去泅水都會予水鬼掠去；閣有台東和屏東合界的山中，有魯凱族（Drekay）的聖地大、細鬼湖，流傳有巴冷公主（Balenge ka abulu）的故事。

周美惠是不太會跟臭屁仔講話的，臭屁仔也覺得這個小孩「怪怪」不太靠近周美惠，這些話是對著我問。

「我今仔欲來釣菩薩，菩薩上愛食臭腥的物件，金寶螺的肉伊上愛。」

「菩薩是啥物魚呀？」

「菩薩你毋知？會共鬥的彼種菩薩啊。」

講了一陣之後才發現原來臭屁仔說的「菩薩」這種魚，是他講話漏風的關係，把「塗虱」講成「菩薩」，因為聽不懂他講的話，讓他找到觀眾的喜悅完全被破壞。

「無讀冊、毋認字的死囡仔。」

「你才無讀冊啦！阮明年就欲讀一年級啊！」

臭屁仔沿著溝渠插下十來枝的簡易釣竿，說晚上再來巡看看，就要把我們趕回去。時間已經黃昏，這時候也是放學時間，仙女媽媽帶著長仙女阿珠仔、小仙女阿雪仔放學回來的時間。其實阿珠仔和阿雪仔年紀都比我跟周美惠大很多，長仙女十五歲了還在讀六年級，小仙女十三歲同樣在讀六年級。兩位仙女的外貌差異也很大，阿珠體態胖壯，行為舉止和說話也比較成熟聰明；阿雪仔看起來像是長期營養不良的青少年，四肢瘦弱蒼白，頭髮是仙女媽媽剪的短髮，長短不一，隨便亂剪，跟阿珠比起笨了不少，但是不管是阿珠或是阿雪仔都沒辦法用好看這兩個字套在她們身上，不會有人想靠近她們。

仙女媽媽帶隊經過我們，照例眾仙女跟所有人打招呼。

「臭屁仔，你好」、「臭屁仔，食飽袂」、「阿惠，你好」。

臭屁仔很看不起她們，另外也是因為他很少有機會可以大聲罵人，展現自己的威風，現在抓到機會扯一扯喉嚨。

「哭枵呀！痟仔緊走啦！好你一個羼（lān，男性或雄性動物的生殖器。因為閹豬仔的關係，阮兜常常攏有豬核仔〔豬睪丸〕好食，炒麻油薑絲米酒，當薑絲予麻油炒佮酥香酥香，和核仔做伙真好配飯。只是閹豬的時，細隻豬仔血直直流、拚命喈〔kainn，哀號嘶叫〕，喈佮親像是我予人掠的彼个。）

周美惠沒有講話，我也沒有想替眾仙女講兩句話的意思，拉著周美惠就先回家吃飯了。

晚上的時候我的阿公說，周美惠的阿媽要被辭頭路，說是清潔員要外包，可能明年年底吧。周美惠的阿媽不懂為什麼要外包，難道還會有誰比她更了解車站廁所的馬桶有哪些縫隙要掃乾淨嗎？那時候鐵路局的員工都會有福利，可以免費拿鐵路局發行的雜誌《暢流》[24]。其實到那個時候《暢流》已經沒有什麼人在看了，已經停刊一陣子了，周美惠的阿媽在停刊之前，就會跟其他員工拿他們不要的雜誌，累積下來回收賣錢。金紙店的櫃台後面除了金紙之外，還有整疊的《暢流》雜誌，我跟周美惠都還沒學認字，根本看不懂上面寫什麼，只會偶爾翻一些照片或圖片，但是對我們來說也很無聊，很快就對那一疊疊的雜誌失去興趣。

但是我記得那些雜誌放了好久好久，久到金紙店都要收起來，那些雜誌才一起被清走，好像也沒有拿去回收變賣，全都丟進垃圾車送去焚化爐燒了。

隔天在家裡吃完午餐後，我跟周美惠又去舅舅的合作社看電視，看到合作社外面走廊水龍頭下面放了一個白塑膠桶，裡面有兩尾土虱靜靜地待在那邊。周美惠好奇，想去摸土虱，土虱身上有刺，周美惠的手指被「觸著」，馬上流出血，周美惠沒有哭，只是看著手指頭流血，我反而嚇得大叫，很慌張地跑進合作社說周美惠流血了！

合作社裡有一位很資深的會計伯伯，對我們小孩很好，馬上把周美惠帶進合作社清洗傷口包紮，還好傷口不大，擦一些瓶子上有公雞圖片的白藥膏就沒事，但是會計伯伯很生氣，跑上合作社二樓把正在睡覺的臭屁仔叫起來罵一頓，叫他把土虱收好。臭屁仔一臉不情願地來到樓下，把塑膠桶裡的舊水倒掉，打開水龍頭換新的水，一邊對我說：「閃啦，無代無誌烏白賤，白目。」

他不敢直接對著周美惠講，只能對著我說，我覺得很委屈，一下子眼淚就流出來。周美惠拉著我的手走進合作社去看電視。

我總覺得每個人在長大前，都會天生懂一些咒語、法術或巫術，總會有靈驗的瞬間，不管多麼荒誕。記得有一天，我很不想去幼稚園上課，我一直求阿母今天能不能請假，阿母當然不能同意，她說，你如果可以把今天重新過一次，你就不用去上課。我心裡賭氣，在刷完牙、穿完鞋子，都背好書包、水壺後，坐在籤仔店的門埕，一張木頭椅子上。我記得很清楚，我的雙手撐在膝蓋上，沒有碰到褲子，因為是短褲，心裡一直默想，重新過一天重新過一天重新過一天重新過一天重新過一天……突然我的

24《暢流》：一九五〇年至一九九一年發行，附屬於台灣鐵路局的半月刊雜誌，是為火車乘客、鐵路員工發行的綜合性雜誌，講求「消閒」與「興趣」，內容包括詩詞、遊記、書畫金石、人物軼聞、歷史掌故、文化探源、海外新知、文學創作等。

手掌就穿過膝蓋，身體好像穿過什麼濃稠的地方，再睜開眼看見的是睡房的天花板，我在床上醒過來，鞋子衣服都還沒穿，連牙都還沒刷……今天還是要上課。

在這之後，我對於各種傳說神話、精怪鬼魂深深著迷，尤其我相信小孩在某些時刻，是天生的巫師／法師／魔術師，是活在傳說故事中的。

佇陳實華先生所寫《太平庄誌．舊聞篇》中有記錄著一篇鬼湖村里中羅漢的故事，會使看著早期村庄中羅漢的生活模樣：「羅漢踏雲歸來，日輪半沉，捏著汗膩衣袖倚躺鬼湖，另一手提了瓶這陣子攢零錢換來的白酒，不足一升，腳下一鍋魚湯，落輝餘光搖曳，攙扶仙人的酒盅暈醉。茫茫渺渺，羅漢身旁捲起一旋風，颼攪葉塵，不足一尺，逡巡四游，圍繞羅漢八方，氣流拂身，羅漢舒爽發顫：『百里風足，勞頓，啉酒。』說著就把剩餘的白酒揮手倒入旋風，毫不吝惜，起身，闊步，返去髒草屋，積灰垢沫，酣酣鼻息。」先生批註著，故事文字採自鬼湖村里漢學先生的紀錄，一字一句攏無改寫，陳先生感覺這故事有傳奇的寫法，也臆講鬼湖村里的人應當毋是打貓附近的漢人，因為寫字講話的方式無啥仝咱打貓人。

一個庄頭除了有正神庇佑，還有四散的野神陰神遊走在村庄，祂們是未經文明體制改造的神靈，是介於精怪鬼魂和神靈之間的「人靈之外」，絕望無助的人和偷雞摸狗的會乞求膜拜祂們。

在村口牌坊之外，一直往前走去，在過橋之前會有一間陰廟，庄人都叫祂水流媽，聽說是橋下發現的水流屍，無人認領供奉在橋旁，久了變成有應公一類的神。我家的豬寮在橋的另一邊，相隔一條溪，對面就是神的家，不知道水流媽會不會嫌臭？有一次半夜，不知道為什麼阿爸沒有回家，阿母突然帶著我去到豬寮，周美惠不知道為什麼也在。阿爸在豬寮，不知道在修什麼，我跟周美惠從阿母的機車上下來，站在豬寮大門口，阿母進去後好像跟阿爸開始吵架，不知道吵什麼越來越大聲，等了一陣子，周美惠拉著我就往橋的方向走去，我什麼都不知道。

水流媽頗有靈驗，在瘋大家樂的時代，我出生之前，阿母說水流媽開出好幾支明牌。水流媽原本只是一個小竹棚，中獎的信徒出錢修廟，如今已經是一座紅磚屋瓦的小廟，香爐金爐一應俱全。我從來沒有晚上來過水流媽廟，廟裡有一盞微弱的黃燈，我跟周美惠走過去，看見供奉的神龕兩旁有點兩根細細的紅蠟燭，原本擺放神像的位置蜷曲著一個蒼灰膚色、全身赤裸的中年人，蹲在那，右手從頭頂滑過一個半圓貼在左臉，左手繞過後背插在右腰。阿母曾說過，水流媽是男生，被好心的收屍人擺在缸甕裡，我問阿母，那為什麼不叫水流公？阿母沒有回答我，可能也是不知道吧。

水流媽一看到周美惠就一直哭，左臉的右手，右腰的左手，雙掌合十，好像在拜或是求周美惠，周美惠一句話也沒講，撿起地上的石頭就往水流媽丟，越丟越大力，水流媽越哭越大聲，周美惠撿了一把石頭放到我手裡，讓我一起丟，剛丟一兩顆還有點害怕，越丟心裡就越不怕，一直把手裡的石頭都丟完了。

幾年之後公益彩券發行，水流媽又迎來一波信徒熱潮，每逢開獎前夕，這裡的人潮堪比四月二十六日神農大帝生日，停車的車輛，從橋的那頭一直連綿到庄頭門口的牌坊，燒土豆、烤香腸、燒酒螺的攤販都要提早來搶位子擺攤，最後當真靈驗非凡，小廟再變成大廟，在橋的另一側占地百坪，儼然正神的架勢與規格，有個中獎的信徒還打了八面金牌給水流媽。周美惠跟我說，有一天半夜，她看見水流媽身上戴著八面金牌，身體蜷曲地蹲在更大的神龕中，兩側有手臂粗的紅蠟燭靜靜燃燒，水流媽還是在流眼淚，祂對周美惠說，祂從來就無對任何人報過一支明牌。水流媽望著淹死祂的小溪，下不了神龕。

除了庄裡的陰神，村中的正神也是有可能變成野神的。周美惠被菩薩觸著手的幾天後，我和周美惠跑到村庄芒果樹隧道附近的一間小土地公廟玩，那裡有一位類似廟公角色的阿伯，年紀很大，會打掃土地公廟的環境，對去拜拜的村民都很客氣溫和，我們喜歡去那邊玩，因為這個阿伯都會給我們每個人一瓶每日C果汁、一包鹹鹹的蘇打餅乾，只有小孩才有。這天我們坐在土地公廟的椅子喝果汁吃餅乾，仙女媽媽帶著眾仙女從打貓市區回來，遠遠地從綠色隧道看到我們，就走過來想打招呼，廟公阿伯正在擦神桌，對她們的招呼都會回應，不會欺負她們，只是眾仙女年紀都太大，沒有果汁跟餅乾。

小仙女阿雪仔看到我跟周美惠正在吃餅乾，也想過來討一塊吃，我是不會分給她的，馬上就把剩下的最後一片塞進嘴巴，用果汁和著餅乾趕快吞下去，連果汁都喝完。阿雪仔只能看向周美惠，周美惠再拿起一片塞進嘴巴，把剩下的三片，就連盒子一起給阿雪仔，邊吃邊掉屑屑，說：「若是菩薩欺負妳，妳愛對伊講：菩薩的喙會處罰你，哈！對菩薩唸三擺，知毋知？」

大概全村只有仙女媽媽、長仙女還有周美惠知道，小仙女其實很怕觀音菩薩的佛像，如果是畫的觀音還好，如果是雕塑的那種巨大神像，小仙女會覺得神像是活的，觀音菩薩會活過來把她抓走。幸好村子裡沒有這種觀音佛像，只有一次有一台大貨車車斗上面綁著一尊巨大的觀音佛像，把經過的小仙女嚇得跌在地上，仙女媽媽跟長仙女才知道，周美惠可能是阿雪仔有跟她說所以才知道。

眾仙女離開之後，我問周美惠怎麼突然對阿雪仔說那些，周美惠說我阿母帶她去電影院看《魔法阿媽》[25]，因為她的手被菩薩觸著。周惠美用手比了一個「哈！」的動作，我有點生氣，我都不知道，我阿母完全沒跟我說，我還沒看過《魔法阿媽》。

陳實華先生的第四个後生，陳聯薰接續寫村史，佇《太平庄誌續寫．舊聞篇》[26]講著：「一九四七年三月，佇嘉義火車頭、水上機場屠殺了後，亡者無人敢收屍，一禮拜後才有人敢過去收屍，屍體發臭反黑，槍空、目睭攏已經生蟲，有一部分無人領轉去的亡者，由火燒庄陳家出錢，派人收屍，統一埋佇梅山鬼湖村里舊址的後山頭，傳聞彼粒山頭有夜官守護，火燒庄人相信亡者會得著安慰。」

周美惠知道自己不是什麼夜官佛祖，也不知道為什麼隔壁簸仔店阿媽要說她是，她不愛講話是因為她不知道要說什麼，她不像隔壁簸仔店的小孫子有那麼多話可以講。她喜歡在金紙店睡覺，那是因為在這裡她感覺阿爸還在，他們還住在同一個空間。阿爸離開的那幾天，她其實沒有感覺阿爸離開了，雖然她很餓沒吃飯，還聞到一點臭味，但是她在睡覺的時候，都有感覺到阿爸的手在摸她的臉跟額頭，哄她睡覺，最後真的太熱，阿爸還把窗戶打開，她沒有感覺到阿爸已經離開有五天那麼久，在阿媽進來房間前，周美惠都還能感覺到阿爸。

想起來，五穀王廟旁有一座小公園，公園裡面有一棵桑葚樹，每年春天快要進入夏天的時候，樹上會結滿紅桑葚、紫桑葚、青桑葚、白桑葚，我跟簸仔店小孫子去摘桑葚吃，長仙女帶著小仙女從公園後面的入口跑過來：「周美惠，你好！」、「阿

25 《魔法阿媽》：一九九八年上映，由王小棣導演的台灣自製動畫長片，以台灣民間信仰、風俗為基底，講述祖孫互動的故事。在動畫裡面，豆豆的阿媽教他五雷印，阿媽說，是用人的陽氣，打散鬼的陰氣，距離越近，威力越大，放招的時候搭配一句「哈！」威力更加倍。

26 《太平庄誌續寫．舊聞篇》：陳聯薰（一九一〇—一九九八）是陳實華四子，擔任民雄地區多所國中小、高中教師，精通樂理與攝影，為多所學校譜寫校歌。閒暇之餘接續父親編寫地方庄史的志向，續寫太平庄誌，除原有的篇目外，還新增交通篇、風俗篇。因聯薰先生認為庄史書寫未完全，決定不將內容公開，目前庄誌仍存放於陳實華洋樓中。

祥，你好！」

長仙女在樹的另一頭摘桑葚吃，因為籤仔店的小孫子對她們敵意很大，一直拉著我繞開她們，但是阿雪仔不屈不撓跟在我的旁邊，籤仔店的小孫子沒辦法只能屈服。就是那次小仙女告訴我她害怕菩薩，阿雪仔怕讓長仙女聽見，小聲地、有點邏輯倒錯地對我說：「夜官佛祖，妳叫菩薩毋通來，我真乖，我共妳講，我毋是垃圾（lah-sap），我足清氣，菩薩袂使共我沖掉。」

傳說中，觀音菩薩手中的淨水瓶可以淨化一切不潔，小仙女不知道從哪裡聽來這個傳說，覺得觀音菩薩會用淨水瓶把她「沖掉」。那時候，我其實不知道怎麼安慰她，我想了很久，在土地公廟遇到她的那次，我想到去電影院看《魔法阿媽》的情節，大家也都說我是夜官佛祖，我看她那麼怕，我就用魔法阿媽教豆豆的方法，我覺得只有「哈！」有點弱，就編了一句「咒語」給她，法術應該會比較完整，威力比較強。

我從小就不喜歡臭屁仔，他身上有一股味道，大家說仙女們很臭，但是我覺得臭屁仔的味道更難聞。他抓到土虱那次，在我的手被觸著的兩天後，他把其中一條土虱給我阿媽，聽說是合作社的阿伯要他去跟我阿媽道歉，阿媽想說隔壁簽仔店小孫子的阿母帶我去電影院看電影，足歹勢，就把那尾土虱送給他們，簽仔店小孫子的阿母又把煮好的土虱分半尾給我們，是藥燉的，還有紅紅的枸杞，我很喜歡吃枸杞。我有看見另外一尾的下落，照理說我不應該看見。

那是同一天，村庄都剛吃完晚餐的時間，我跟阿媽才剛吃飽，配著那鍋土虱。洗完澡，躺在一樓的房間床上，二樓的房間都已經租給大學生，我睡的這間房間，樓上正對著阿爸的房間，大學生沒開冷氣，吊扇旋轉的聲音我好像透過水泥牆聽見，晃晃晃晃晃，但我確定自己沒有睡著。

我看不到自己，只有畫面。臭屁仔騎著他的野狼125來到土地公廟，從後座的保鮮箱拿出一鍋土虱，已經煮好，看起來跟藥燉的一樣，黑黑的，但是沒有紅色的枸杞，他坐在廟的涼椅吃著土虱。土芒果樹的綠色隧道中，小仙女阿雪仔走過來，我的視角越升越高，看見土地公廟的屋頂，看見綠色隧道，看見兩著中間相隔一塊三角型的巨大稻田，最後聽見兩個聲音，眼睛就一片漆黑：「喂，阿雪仔，妳欲食菩薩無？」

「……親像頂擺按呢。」

「……我……食飽矣，謝謝。」

「…………」

「啊，會痛，啊，無愛。」

「…………」

「菩薩的喙會處罰你，哈！」

「菩薩的喙會處罰你，哈！」

「菩薩的喙會處罰你，哈！」

「…………」

「菩薩的喙會處罰你，哈！」

「菩薩的喙會處罰你。」

「菩薩的喙……」

我聽見這句咒語，就看見我們家一樓房間的天花板，我還躺在床上。過了好幾天，村庄一片平靜，好像那天晚上我只是做夢，我也在想是不是我只是做夢？小仙女還是對著每一個遇到的村人打招呼，連臭屁仔都會，仙女媽媽跟長仙女也沒有異狀，甚至連臭屁仔還是騎著他的野狼125遊蕩，像是什麼事都沒有發生過。

就在我以為一切只是我做夢的之後，有一天的下午，我跟簸仔店小孫子在合作社看電視，因為臭屁仔在，我們就跟他一起看Discovery，他坐在另一邊單人座的沙發椅，把腳翹在沙發，有些蜷曲。看到一半，他突然開始咳嗽，越咳越大聲，會計阿伯從裡面的辦公區走出來，問臭屁仔是不是噎到？臭屁仔抬頭看會計阿伯，本來想說話，又被咳嗽壓下去，接著好像呼吸不到空氣，臉脹得發紫發紅，最後「嘔」的一聲，吐出一尾手掌長的土虱，活的，參雜著胃液和食道喉嚨被劃破的血，在合作社的地板不停地跳動。

「哪……會有菩……薩、活……菩薩……」

臭屁仔被簸仔店小孫子的舅舅載去醫院，醫院什麼都檢查不出來，如果要住院檢查，舅舅說不會幫臭屁仔出住院費用，要他自己出，臭屁仔說他回合作社休息就好。回到合作社後臭屁仔又吐出一尾土虱，吐出來的兩隻都用他的白色塑膠桶裝著，裝了一些水，兩尾土虱靜靜地待在那裡。臭屁仔說他想上樓睡一下，舅舅讓他去睡。到了晚上，籤仔店小孫子的阿母聽說了這件事，說要帶臭屁仔去給師父看，大家去二樓臭屁仔的房間，發現裡面沒人，合作社停車場也沒看見野狼１２５，打他的ＢＢ叩也沒有回應，舅舅和籤仔店小孫子他們家的人都出來幫忙找人，畢竟算是他們家請的工人，一直找到半夜九點多都沒人看到他，就想說暫時休息，明天早上再找。

隔天是土地公廟的廟公報警的，他早上要去打掃廟裡的時候，一進廟埕就看見臭屁仔的野狼１２５，臭屁仔坐在涼椅上，兩眼睜得像尾土虱，嘴巴張得很開，裡面有東西在動，廟公本來以為臭屁仔在跟他開玩笑，走得更近才發現不太對，一碰臭屁仔就轟然倒下，嘴巴摔出一尾大土虱。這件事從村裡傳開之後，有人就發現水流媽廟中的地板也有一尾土虱，大家都說臭屁仔想拜託陰神幫他驅除詛咒，但是水流媽沒有回應他，來到土地公廟被土地公處罰，一定是有做什麼壞事。

我覺得這不是土地公的功勞，是小仙女自己發動的咒語，也只有她能解開，但是我想小仙女是不願意的，一人違反一次意願很公平。

我問過周美惠關於臭屁仔的事，她可能回答過我，也可能沒有，時間太久，那時候我還太小，根本記不得。綠色隧道旁的土地公廟經過這件事後，大家不太願意來參拜，香火漸漸少了，村人都說這裡死過人比較陰，同時也怕在土地公面前不小心做什麼壞事，被處罰。年紀大的廟公阿伯，在我們上國小不知道幾年級的時候，有一天也被發現坐在廟裡的椅子過世（臭屁仔坐的那張涼椅已經化掉，是新買的），廟公阿伯坐的這張椅子也被化掉，再也沒有人來當這裡的廟公，只有旁邊三角稻田的農夫，兩、三天來一次廟裡幫忙打掃，請求土地公幫忙看顧一下田地，大家都說這裡是火燒庄最陰的廟。正神變成野神。

庄外橋前，困在廟裡的水流媽一年比一年興旺。我跟周美惠漸漸長大，一前一後地離開了火燒庄。

陳實華先生《太平庄誌．舊聞篇》內底有完整的鬼湖村里「羅漢」的故事原文，是漢學楊先生[27]所記錄：

27　漢學楊先生：一九九九年嘉義地震，芮氏規模六點四。傳聞地震之後在梅山鬼湖村里舊址出現遺跡文物，當中出土一批書籍，被檜木箱子裝著，書籍內容落款大多批寫「楊林先生」，據學者推測，是早期台灣私塾的漢學先生，因為年代並不久遠，相關文物並未受到政府的重視。

〈醜尸〉

水的流動拂身，對魚來說，就如同風。從前村里沒有風，鬼湖平如鏡，直到侯爺棲息，玄冥侯的吐息使湖面粼粼，祂帶來了風，帶來了霧，村里的空氣不再凝滯焦灼，隨之沁涼，霧氣卻也迷濛村里，長年地遮蓋光線。

村里的無賴漢，羅漢腳仔，仙人遊庄，懶涎丐蹲踞在鬼湖畔，端睨淼淼，如塑像，如銅鑄，這些名稱指的都是同一人。隱約有印象，從前姓過張，還做後生條時跑入侯爺廟，說是侯爺的乩身，能溝通侯爺，隨即在半人半蛇凶惡的侯爺像前抽搐顫抖，眼珠翻白、皺眉、破碎音節、閉闔雙眸，兩足逶迤，擺動著上身，村里的老人惶恐激動，渾似他不再是村里懶散無業、四處惹麻煩逗熱鬧的後生條，在他身後有一巨大凶惡的神祇降臨，老人們就要屈膝叩拜，神降中的後生條卻一聲大叫，逶迤的雙腳跳起，抱足痛呼，踢著沉壓厚積香灰的紅壇神桌。隨即後生條讓受騙憤怒的村里人丟出侯爺廟，儘管他一再辯解：「侯爺真正有來！只是那一縷神還沒來得及降臨肉身，就讓驚散！」無人相信，十幾二十年過去，他由後生條皺老去，姓氏被遺忘，隨著不同人，不同時節，無賴漢，羅漢腳仔，仙人遊庄，懶涎丐變作他的姓氏，連名字都不配。

村人心地好，有時見羅漢仙人踏雲游庄，愁苦眾生，就送他一些漁獲，還不一定會被收下，通常是大時節，化作羅漢怒目：「每戶送魚！豚肉喫脹肚皮！」將魚一摔，丟在門口，拂袖而去。這懶丐就在村里西外，依著鬼湖，一片林後，搭起間小小的草屋，遇上風驟起，狂躁些，草屋就塌，幸好草屋常重搭，屋內的草牆草蓆經常是烏黑油膩，汙穢撲鼻，每回游庄返來，撒手喫完，食餘丟棄角落，酸腐朽爛，蠅蟎蛆蠕，不顧不管，倒頭枕入灰垢，每年逢侯爺生辰才洗滌於鬼湖。

玄冥侯的吐息化作風，不息的風逐漸有靈，跳躍天地，鹿首鶴身，一對犄角虯結，如展開的翅翼，時而垂翼千里，時而雀躍枝梢，或者憑風點水，名曰準恆，村里人尊祂為風神。準恆無受拘束，玄冥侯也無法指揮祂，可凡玄冥侯憑立所在，準恆見顯，又風吹拂所在，便是準恆飛過，一神同見於多方。準恆無拘無束，自然也不受香火，從無祭祀。

這天，羅漢踏雲歸來，日輪半沉，捏著汙膩衣袖倚躺鬼湖，另一手提了瓶這陣子攢零錢換來的白酒，不足一升，腳下一鍋魚湯，落輝餘光搖曳，攙扶仙人的酒盅暈醉。茫茫渺渺，羅漢身旁捲起一旋風，颸攬葉塵，不足一尺，逡巡四游，圍繞羅漢八方，氣流拂身，羅漢舒爽發顫：「百里風足，勞頓，啉酒。」說著就把剩餘的白酒揮手倒入旋風，毫不吝惜，起身，闊步，返去髒草屋，積灰垢沫，酣酣鼻息。

先生批寫著：「佇村里的鬼湖邊，住著羅漢，伊是侯爺的肉身，馬是荏懶，又閣悲傷的乞食命。十八歲彼年，少年羅漢佇廟中化身侯爺，自這擺了後，伊就不時會看見侯爺，伊若行到水岸邊，伊就看見，侯爺對水中浮起，伊若行入山中，伊就感覺著侯爺的目睭，佇樹仔頂咧看伊。水岸邊，風定水靜，春夏秋冬，侯爺佇人世間的肉身，憨呆仔憨呆仔過。」

花神
Hue-Sîn

阮自古就蹛佇這个庄裡，庄仔外是無邊的山，內山斗底，有一座鬼湖（kuí-ôo），佇鬼湖內底，彼上深上深的所在，人無法度到的所在，就是侯爺所蹛，伊蛇（tsuâ）尾人身，閣有一張看著真赤（tshiah）的面，伊是庄仔頭和這片山水天地的（san-suí thian-tē）創造神（tshòng-tsō-sîn），嘛是代表往生的神，也是愛情的花神。

佇三月，桃花紅豔的時陣，伊就蹛佇每一蕊桃花中，每一个少年人，男女女男女女男男，攏會行過伊的廟口埕，求伊保佑個的愛情。廟口的彼條街仔口，庄裡的人攏叫伊，花巷。

〈花神〉
說書線上聽

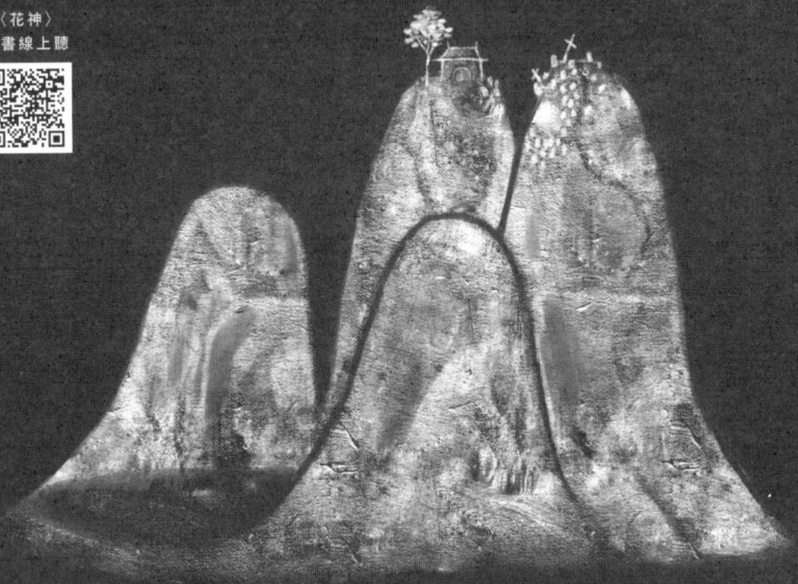

華語翻譯

我們自古就住在這個村里，村外是無邊無際的山，山群的中央，有一座鬼湖，在鬼湖最深最深的地方，沒有任何人可以到的地方，那裡住著侯爺。祂有蛇尾人身，還有一張看起來很兇惡的臉，祂是村里和這片山水天地的創造神，也是代表往生的毀滅神，同時也是象徵愛情的花神。

在三月，桃花盛開紅艷的時候，祂就住在每一蕊桃花瓣中，每一個村里的年青人，不分男女，或男男女女，都會走過祂的廟前，祈求保佑他們的愛情。廟前的那條街口，村里的人都稱它爲「花巷」。

第三章　單車八竊記

一直到很晚我才學會騎腳踏車，在火燒庄一個小孩如果沒有腳踏車那是不可想像的，除了庄裡的眾仙女無視徒步的艱辛，對小孩來說簡直寸步難行。我到了國小三年級才學會騎加裝輔助輪的腳踏車，國小五年級才敢把輔助輪拆下，真正用「兩輪」騎車，認真算的話，國小五年級我才學會騎腳踏車。

從學會騎腳踏車之後，我到哪裡幾乎都是騎腳踏車，這個習慣一直維持到現在，於是我就擁有過很多腳踏車，這些腳踏車大小不同、型號不一，擁有的共通點是它們最後都是因為偷竊離開我的生活。我記得我人生第一台腳踏車，是在民雄鬧區的捷安特買的，比成人的腳踏車小很多，銀色，仿越野腳踏車的樣式，是我上國小一年級的禮物，因為一開始還不會騎，在後輪兩側加裝了黃色的輔助輪，看起來像是小小可愛的拼裝腳踏車。

周美惠倒是學得很快，周美惠的阿媽看到我有一台腳踏車後，也幫周美惠買了一台，是一台紅色的小淑女車，周美惠的阿媽沒有多花三百五十元裝輔助輪，周美惠感覺也不需要，才過一個禮拜，她已經可以把小淑女車騎得飛快，但膝蓋附近貼了許多歪歪斜斜的紗布，周美惠說不怕痛的話，你也可以很快就學會。我是想很快學會，但是我怕痛。

一九二二年（大正十一年）八月三十號《台灣日日新報》面頂有記一條新聞，講有運將自北投載客到台灣神社（今圓山附近），半路看著一人徛佇路中央，停車欲喊伊走，人煞無影，變做路中央坐一隻烏狗，運將閣開車欲踅過烏狗，烏狗雄雄衝過來，變佮親像人暇大，氣力真飽，共車拚倒，運將就揣著人客到附近派出所報案，是當時的奇聞雜談。

國小一年級，每個禮拜的禮拜三都只上半天課，有時候是阿公騎金旺100來載我，有時候是坐私人的娃娃車回來，娃娃車的司機載過我的所有哥哥姐姐，村子裡每家每戶集資付一點車資，就能讓家長們免去接送小孩和上下班時間衝突的煩惱。我和周美惠從娃娃車下來，阿雪仔和周美惠揮手說再見，我如獲大釋，車子裡擠滿小孩，夏天臭烘烘的，尤其阿雪仔今天也有坐車，滿車都是阿雪仔像發酸又像汗臭的怪味。

把書包丟在房間後，周美惠跟我一起到阿公阿媽的籤仔店吃午餐，周美惠的阿媽已經有先壓一些錢給我的阿媽，當作餐費。我和周美惠吃飽後，日頭還是熱得嚇人，但我在家覺得無聊，趁著阿媽在打盹，和周美惠分別騎上腳踏車，去家後面的灌溉溝渠打轉，阿媽都跟我說那是「後壁河溝」，我想就是家後面的河溝的意思吧？阿媽其實也會帶著我去後壁河溝，去摸一些蜊仔（蜆）回來煮湯，或者醃漬，但她不准我跟周美惠自己跑去後壁河溝。我和周美惠於是騎著小小的腳踏車，在放學後常常去後壁河溝看水裡的魚蝦螃蟹和水蛭。

我對於去後壁河溝很熱衷，周美惠倒是還好，只是被我拉著走。我喜歡看後壁河溝水中出現的動物或昆蟲，那讓我覺得神奇，甚至是某一種自然體驗的啟蒙，它不像是魚缸裡的魚或蝦，看來看去就是那幾條魚，對我而言後壁河溝是不斷更新和有機的狀態，我每一次到後壁河溝都是全新的體驗，季節、時間、溫度，甚至颱風的大小或角度，都會影響我當天所遇到的生物。而這一次，我和周美惠到後壁河溝就看見一種全新未見的生物。

日頭很大，後壁河溝越往左邊走去，因為水閘門的關係就越淺，到了幾乎要離開後壁河溝的範圍，水只剩淺淺的表層，幾乎就是泥濘的狀態，我在這個地方看見過一尾棕褐交錯的鎖鏈蛇，跟我當時國小一年級的大腿一樣粗。今天我帶著周美惠，跟她說上次看見鎖鏈蛇如何的厲害，並且強調台灣毒蛇裡面一定是鎖鍊蛇最厲害，周美惠騎腳踏車在我旁邊，沒有回我話，我帶她來到後壁河溝的最左側，指著上次鎖鍊蛇出現的地方。

周美惠沒有看向我指的地方，反而指在另一處：「你看，彼是啥？」

我循著她的手指，看見泥濘裡趴著一隻巨大皮膚色、有四肢和尾巴，像一隻長了腳的大型皮膚色蝌蚪。後壁河溝的最左側水是最淺的，再過去就有一條馬路，旁邊有一座深不見底的小水庫，現在想起來應該是馬路底下還連著後壁河溝，小水庫是用來放水或集水用的，這隻巨大的皮膚色長腳蝌蚪可能就是從小水庫裡面爬上來的。我開始大驚這個大怪：「這是毋是塑膠做的？我知！是尪仔啦！」

周美惠說不對，牠微微地在動跟呼吸，我們在那裡看了好久，除了很大一隻跟沒看過之外，牠幾乎不會移動跟躲藏，我很快就失去興趣，後壁河溝多的是國小一年級的我沒看過的生物。我拉著周美惠往後壁河溝的右側騎去，有一區麻竹筍緊靠在其中一段右側的後壁河溝，那裡不知道為什麼，水中出現最多的不是魚或螃蟹，而是在水裡快速游動的水蛭，很難想像陸地上癱軟緩慢的水蛭，水中移動的時候是快速而且頗有韻律跟節奏的，牠的腹部會呈現扇形波紋般的規律游動。

陳實華《太平庄誌．農業篇》：「太平庄佇五穀王廟後有成做系統的水力水圳，佇昭和五年（一九三〇年）綴著嘉南大圳完成來修造，嘉南農田水利會佇中間排解討論，地方仕紳出錢出力，參詳引水路線，佇昭和八年（一九三三年）二月分完成太平庄水圳系統。」

我跟周美惠躲進竹林下，日頭曬不到我們，總算涼快，我靠在水邊，幾乎就要趴下去，水中除了水蛭，還有個頭不小的吳郭魚、鯽仔魚、草魚、大肚魚、巴西烏龜、螃蟹。後壁河溝的螃蟹肉少不好吃，滿是土腥臭，我記得我跟姐姐抓過一次回家，被阿媽說抓沒用的東西回來，我跟姐姐不信，阿媽還真的煮了螃蟹讓我們吃，就算用薑蒜酒蓋掉土腥臭，吃起來一樣不愉快，肉少又乾癟。國中教到「食之無味，棄之可惜」，我腦中馬上就有例子可以舉。

回家前，我跟周美惠又到後壁河溝的左側，想看看那隻長腳的大蝌蚪還在不在，日頭剩下一半浮在田洋上，溝底的泥濘處已經看不見長腳的大蝌蚪，連腳印也沒有，我跟周美惠開始懷疑自己到底有沒有看錯？真的有長腳的大蝌蚪嗎？

回家後果不其然被阿媽臭唸了一頓，今天晚上周美惠的阿媽比較晚下班，在我家一起吃完晚餐後，她阿媽才帶著她回家。隔天一早，阿母緊張地叫全家起床，我停在家門口的三台腳踏車，大姐的、二哥的、我的，三台腳踏車全都消失不見，這是我第一台失竊的腳踏車。

好險當天就找回來，火燒庄的派出所沒多久就叫我們去派出所牽回來，小偷是住在火燒庄往大學方向，住在山仔跤的阿婆，半夜帶著老公開小貨車來載走。我想我們家算是很「蠻皮」[28]的個性，之後一樣把腳踏車停在門口，車鎖了幾天之後，就不想鎖了。

這台銀色的兒童腳踏車我一直騎到小學六年級，周美惠在小學四年級早就已經換成大人在騎的淑女車，雖然騎得有點吃力，但是看得我好羨慕。我好像「進度」落後，輸給了周美惠，但我實在長得太慢太矮，騎大人的腳踏車只能全程站起來騎，二哥說看起來很像猴子在騎車，阿母也不買大人的腳踏車給我，到了小學六年級，終於勉強長高了一些，雖然還是低於平均身高，但至少坐在大人的腳踏車上，踮腳尖可以勾到踏板，追上周美惠的進度。

第二台腳踏車不是買的，二姐已經國中畢業，要到嘉義市區讀高中，因為火燒庄和嘉義市離得比較遠，開車都要將近半個小時，上下學基本上都是搭大學的社區回饋免費校車接送，我就接手了二姐的腳踏車，那是一台捷安特銀色的淑女車。我從五年級開始就和周美惠一起騎腳踏車上下學，我很開心，終於擺脫每次擠娃娃車那可怕的味道。

我跟周美惠最喜歡上學的時候騎那條種滿芒果樹出庄的路，大一點之後才知道這些芒果樹從日本時代就已經種下，如今已經有百年的歷史，芒果樹長得茂密，兩側的樹冠相連環抱，串連成隧道。清晨火燒庄起霧，霧就被抱在樹道裡，我和周美惠就騎在其中。

陳聯薰《太平庄誌續寫．交通篇》：「本庄聯打貓市區馬路有庄頭和庄尾兩條，日本時代昭和八年，太平庄水圳系統完成了後，佇當年指派壯丁團開發兩條馬路，飽

28 蠻皮：bân-phuê。頑固、冥頑不靈。

坋紅土，佇路兩爿種㨂仔樹。民國六十一年（一九七二年）國民政府開拓嘉一〇六鄉道[29]（聯外馬路），當時用坋土的方式，完成汽車和機車專用的馬路，保留日本時代的㨂仔樹，只開拓路面。」

我聽阿公講過，日本時代的壯丁團是個苦差，是去做免費的勞工，好一點會給一餐，但大多數是工資全無，勞作工具和衣服自備。他就曾被拉去修整馬路：「彼陣咱庄欲開馬路，本底庄尾彼條路細細條，一台牛車遐爾大，兩台拄著就愛相閃，日本人欲共路面開較闊的，保正就一戶一戶去揣人，拉人去開路，攏無法度去作田，日本人袂管你啦，干焦欲開路，開路開路開路，家己想辦法食飽去顧大馬路。」

即便到了國小六年級，我還是很喜歡到後壁河溝打轉，往左騎到底是小水庫，往右騎到底是哪裡？我好像從來沒有向右邊騎到底過，那邊是往大學、山仔跤的方向，隱約記得在那個方向有我們家的田地，好像是種竹筍，有一整座小山頭的麻竹筍。夏天我們每個六、日的凌晨都會去割竹筍，全家無論大小都要去，我們繞著火燒庄周邊，因為種植麻竹筍的田地四散，是當年阿公五塊、十塊、五百塊一點點四散買下的土地，我們家以前還有鐵牛仔[30]，我記得我跟在鐵牛仔後面，天還沒亮，撿著地上割斷的竹筍，把竹筍丟上鐵牛仔的後斗。

小六時有一天，我就一直往後壁河溝騎去，才發現記憶中阡陌縱橫的農田和道路，已經不見，被開拓成一條大馬路，連往大林市區。而我們的那座麻竹筍小山頭，已經轉型成近幾年政府提倡的「精緻農業」，改種高單價的酪梨樹，這年才剛嫁接完，還是小樹苗的樣子，山頭顯得光禿。這裡白天酷熱，蚊子又多，我和周美惠都少來這裡，阿爸曾經帶著我和二哥到這裡學嫁接技術，我們都很怕阿爸，不明白為什麼他不常說話也不常笑？一講話就會罵人，我都會私底下想，阿爸是不是過得很不快樂？

那一次學嫁接，阿爸難得好聲好氣的說明，前一天好像有聽到阿母說阿爸的身體健康檢查報告出來，肝指數很高，肺部好像也不太好。阿爸是菸不離手的人，還常常下班後跟公司的同事一起去喝酒，小學六年級的我雖然年紀小，但是已經聽得懂人

29　嘉一〇六鄉道：庄頭的聯外馬路。聯結中正大學、竹崎、台三縣、民雄市區的道路。
30　鐵牛仔：機械化的耕耘車或者農作用手動發引擎的貨車。

話，也會察言觀色了，阿爸像是在交代後事一樣跟我們說嫁接技巧。二哥年紀大我五歲，那一天傍晚我們要回家，他跟我說這個小山頭以前都是墳墓，聽說晚上有大學生經過這裡，看見穿白衣服的女人在小山頭上面看著底下的人。有好一陣子我都不敢自己一個人過來。

阿爸嘗試戒菸一陣子，很快就失敗，沒多久阿爸就繼續抽菸喝酒，每次喝醉都會說自己肝指數很高，但到了如今我大學畢業四、五年後，他還是能每週到小山頭撿酪梨跟疏枝，體能狀況比我這個每天在室內工作的人還好，我相信他的肝指數應該是介於人類可觀測跟不可觀測之間，屬於玄學的範疇。

二哥似真似假的鬼故事還不少。我們家的廁所外面靠近屋頂天花板處一直有一個神祕的隔間洞口，我們家雖然是平房，但那個洞口因為緊鄰天花板，實際上有二樓高，又沒有樓梯可以上去，我從小到大至今一直沒有看過隔間裡面的樣子，白天的時候會看見有陽光從洞口裡面灑出來，阿母說那是放雜物的地方，但二哥跟我說，我們住的這邊是「新厝」，相對於阿公阿媽簸仔店那邊的舊厝，新厝在蓋的時候都要供奉地基主，但你有看過我們家供奉過地基主嗎？

「有啊！咱厝後壁，後壁河溝彼邊的竹跤咱攏愛去拜啊！」

「你哪會遮爾憨？拜歸拜，踹歸踹，無你想看覓，叫你去踹竹跤你敢欲？」

後壁河溝的竹跤，我們家曾經在那邊蓋過兔子飼養場，在那裡祭拜地基主，如今人造物斷垣殘壁，和竹林共生。我搖搖頭，想到竹跤的蚊子掃過全身的感覺。二哥說，那個隔間就是地基主實際上住的地方，地基主喜歡住「新厝」，每個屋子都有成為「新厝」的時候，每個家裡面都要留一個空間給地基主住，他問我有沒有看過地基主長什麼樣子？我搖搖頭，二哥說祂都用爬的。從那之後我就更害怕浴室那片區域空間。

周美惠三不五時就會來我家一起寫功課，我跟她說浴室外面靠近天花板的那個洞口有住地基主，地基主都用爬的，我問周美惠是不是真的？她沒有理我，繼續寫她的國語生字，每個生字要寫十次，她寫得很認真，我不死心一直問她，除了想確認地基主的真實與否，另一個原因是我不想寫功課，我討厭寫字，於是得到周美惠的回答就變成一件很重要的正事。周美惠可能被我煩到不行，目光終於從生字本上離開，看著我說：「沒有，祂在你後面。」

周美惠即便到了國小六年級朋友還是很少，她的話太少，有時候會做出一些讓人摸不著頭緒的事，有次她上課上到一半突然站起來，走到她的桌子旁邊，老師要她回去坐好，她卻回老師說位子被坐走，我趕緊跟她使眼色，用眼神說：

「真・的・沒・人。」

她看了看老師，又看了看我，再看了看椅子，有些苦著臉慢慢坐回椅子上。她從來沒說過自己看過野神或孤魂，即便同學問她也說她看不到，每次她有怪動作，她事後都會說她看錯了。

國小升國中對住在火燒庄的小孩來說，只有一間學校，差別只是要進普通班或是資優班。周美惠成績一直都很好，基本上都是班上前五名，她理所當然地考進了資優班，我也毫無意外在普通班，上了國中之後，周美惠突然就成熟了起來，或者說跟人開始有正常的社交應對，不再會有上課上到一半突然站起來的狀況，雖然有時候她還是會看著某張椅子或牆壁角落出神。

陳聯薰《太平庄誌續寫・舊聞篇》寫著一篇鬼湖村里村民行入仙界的故事〈游

屍〉，選錄：「暗燈鬼火，唧唧嗚嗚，行人肩頭越來越沉，蓬草蔽天，垂滿了露水，偎在衣上寒涼入肌，離村里已經有八里遠，行在圍繞鬼湖的重山中，盡往人獸無蹤的路徑亂草裡鑽去，有意朝著東方走，荒草漫虬結成林，虬林疏落作碎石坡，碎石漸漸又變得龐大巨聳，從中竄出一條細細的銀帶，披在岩上，任著祂們的稜角崎嶇自己。

巨岩群的嶺峰出奇地生了一章南方獨有的降香黃檀木，可惜已經枯槁，葉片不存，餘剩的沉陰枝幹仍然有傾天蔽日的氣勢，牢牢聳立，睥睨群岩。行人放下肩頭的布包，解出一把鍬子，一把鋤頭，黃檀根部盤著塊巨石，被捆得破碎，仍然碩大豎立，行人走到根部前，拿著鍬子拍打底下的巨石，敲了數次都不滿意，好似鍬子與石頭互相抗拒，不肯相接，尋尋覓覓，終於在左側根部的地方停下腳步，轉拿鋤頭，猛力砸下，那塊原來就裂紋滿布的石面瞬間碎裂，塌出一窟洞，拿過鍬子鏟出碎石，行人擦抹去額頭的灰汗，抬頭望向那章化石般的降香黃檀木，雄踞亂石的氣勢，虔誠讚嘆，返過身，鑽進了窟洞。」陳先生批註著：這記錄的應當是鬼湖村里特殊的生死觀念，仙界是鬼湖村里亡者的世界，佮咱太平庄半佛半道的生死觀念無啥仝款。

我們還是每天騎腳踏車上下學，經過起霧的芒果樹隧道，國中離火燒庄又比國小更遠，我騎到了國中之後，都是一身薄汗，夏天更是會打濕上衣。這所國中男女分班，是很傳統在鄉下崇尚軍事化管理的學校，男生一律平頭白鞋白襪，女生髮不過耳，短裙過膝。我大部分時間還是跟火燒庄的小孩玩在一起，記得國二上開始，我們這些小孩開始會相約去圖書館念書，那陣子圖書館在整修，念書的期間都覺得圖書館就是半個工地，但我們一部分的男生，包括我，很快就對坐在圖書館念書失去興趣，反而是藉著去圖書館的名義，開始沒日沒夜地跑去附近網咖玩魔獸爭霸3，其中的模組地圖像是信長之野望、守護女神我們一路玩到高中跟大學，也就在這個時候，我開始沒那麼常跟周美惠玩在一起。

周美惠的阿媽在我們升上國中的時候調換工作，本來以為清潔工作外包後就會失業，但經過工會的抗議跟協調，這些鐵路清潔員改為協助驗票或內勤雜務，工作算是輕鬆了不少，這樣的職務調換，可能也是這些末代清潔員年齡都已經很大，幾乎都是五到八年內就會退休的人。鄉下的車站人流量本來就不大，周美惠的阿媽改成協助驗票的工作之後，常常坐在驗票口打哈欠，車站也正在整修，不流通的空氣和規律的裝修聲考驗著周美惠阿媽不斷降低含氧量的腦袋。

國二下的某天放學後，我和周美惠一起到圖書館念書占位子，因為隔天就要段考，我還是念了一點書，到了晚上七點多，我覺得累了，問周美惠要不要一起回去，周美惠開始收東西，我們下樓，到圖書館前準備牽腳踏車，我找了半天一直沒找到銀色的淑女車，這下知道應該是被偷了。那天我騎周美惠的淑女車載著周美惠回去，騎過芒果樹的綠色隧道後，一群野狗突然出現，追著我跟周美惠的這台車，我拚了命狂踩，周美惠拿她的書包揮那些狗，那些狗被揮到後也不叫，只是往後跑開，揮到一隻就跑一隻，我往後看去，那些野狗就好像排隊要讓周美惠揮到一樣。

「周美惠！周美惠！不要揮了，那些狗好奇怪！」

我叫周美惠快停下，周美惠一停下，突然四周的狗吠聲都消失，我們身邊一隻野狗都沒有。我於是騎得更快，想要趕快回到家，這是我第二台失竊的腳踏車。

其實一直到國中畢業為止，我在圖書館總共被偷了三台腳踏車，而且是緊接著銀色淑女車被偷的時間點。我的小姨丈有次來我們家喝酒，就開玩笑地對我說，是不是我缺錢，把腳踏車牽去賣了？我自己想一想都覺得比起這樣連續被偷，事件的真相是我自己把腳踏車牽去賣好像更合理。

第三台被偷的腳踏車是我二哥的腳踏車，也是同一家捷安特牽回來的，從他國中騎到現在，但他現在高三了，就要上大學，幾乎不會騎腳踏車，阿母在銀色淑女車被偷之後就叫我騎二哥的車，那是一台銀色的，坐墊前方直桿的結構，我腳短，如果停下來要站在地上，那根直桿就會卡在我兩腿中間，弄得我尷尬又不舒服，我很慶幸它沒多久就在圖書館被偷。

第四台腳踏車則是大姐的腳踏車，是一台深藍色的休閒型單車，最常見的捷安特車款，我很喜歡這台車，可能是因為我記得大姐在我小時候騎著它帶我去到頭橋附近，騎腳踏車將近要五十分鐘，我坐在後座感受到放鬆跟沒有壓力的狀態是什麼。大姐這時候已經到台中去念大學，我其實一直很佩服她會畫畫，她跟我說就是把你腦袋裡面的東西畫出來呀，我每次畫出來的都跟我腦袋裡的不一樣。這次被偷我印象很深刻，我清楚地記得我有鎖車，一樣停在圖書館，但我出來的時候整台車跟大鎖都消失，於是來喝酒的小姨丈就再跟我說了一個建議，把鎖跟路燈或欄杆鎖在一起，是個很好的提議，但實在太麻煩。

第五台腳踏車是一台老骨董，放在內山外婆老家的舊倉庫中，倉庫和半廢棄的豬舍相連，這是一片下坡地，最上層是馬路，再下層是外婆的ㄑ字型住家，再往下是豬舍，再往下層則是大片大片的竹林，一直到高中以前，放長假的時候，我多數的時間並不在家中，反而是在內山外婆家，前面的敘事雖然看起來我都跟周美惠一直混在一起，但那是屬於我「在家」的時候。

這台放在外婆家舊倉庫的腳踏車，一直到我國中才發現，是還沒分家產前的八舅舅翻出來的。倉庫裡堆放了很多雜物和灰塵，大人幾乎不在這裡，外婆家只有走不動的老人跟小孩，還沒分家產前的八舅舅對我來說是很好的人，他才二十出頭，現在想起來，八舅舅可能有些晚熟跟帶有一些膽怯，再加上外公是很傳統日式陽剛的教育風格，這些晚熟跟膽怯被陽剛包裹成憤世嫉俗的癲狂。

陳聯薰《太平庄誌續寫．舊聞篇》〈游屍〉，選錄：「窟洞僅容側身，緊緊箍住行人肩頭，左右躑躅，艱難地爬行前進，收束緊縛，就要喘不過氣，一息間，萬千分念，遊走虛空冥道，極遠處綻放微光，竹節翠挽脫聲似的，窟洞乍然作大，足以拔挺直立，甚至跳躍踢腳，來望窟道處，不過拳頭般大小。窟洞邊壁隱現樹根，或虯髯如蛟，球纏如拳，或剎骨如林，嶙峋如爪，環布窟洞，幸好路無分岔，不憂心迷途，只是洞道極長，遙遙不見出口，行人吐息漸寒，這節洞道外讓冰裹似的，寒涼難耐，幾乎承受不住，蹬蹬碎步，項頸僵凍，目視深處傳透一點幽光。

微微暝暝，如一張漆黑羅盤上迴轉著幾點暗光，攪動過空氣，迴旋海洋，破敗的村舍屋瓦缺角斷片，不潔不祥，招魂幡高高掛在村頭，一株牽牛花扶搖攀轉，殘蔽屋舍前餘有斷燭白蠟，齊齊堆疊蠹朽銀錢，一些舍前倒插蔗枝，末端細綁銀響鈴，濁陰慘風吹過，百戶銀鈴痴痴。行人從布包裡取出三支香柱，又從懷中掏摸出半拳頭大的火炭懷爐，以紅炭點燃其中一支香柱，小心地將其他兩支香收入布包，霎時裊裊煙氣凝而不散，懸遊周身半尺，漸漸包覆成幕。步入村里，景象乍變，朽舍壞屋變作雕梁精舍，戶落香樟大紅槐，旌旗巡遊掛天，街路潔淨坦平，人來熙往，服儀華滿，神情昂揚豐喜，虹光披體，儼然神國仙鄉。」

但在這一切發生之前，分家產前的八舅舅，此時正和顏悅色，帶著我們在舊倉庫裡探險，倉庫的深處停了三輛偉士牌機車，這個家族的狀況就像外公的身體一樣，每況愈下，這三輛偉士牌機車就是外公肝裡硬化的三顆細胞，它們曾經鮮活地運作，但如今只是卡在那裡的化石。在三輛偉士牌的後面，八舅舅又拉出一台深藍色的腳踏車，和大姐那台細節不一樣，這台老骨董全身深藍，沒有任何花紋，八舅舅說這台腳踏車是我們的小阿姨，他的妹妹國中騎的車，他自己也騎過一陣子，我能想像那時外公的身體有多麼健康。

八舅舅拉出那台腳踏車，讓我們去拿了一盆水跟舊毛巾，開始擦那台沾滿灰塵的腳踏車，接著點黑油，噴 WD40 除鏽，我印象很深刻，這台老腳踏車，還有一個杯架，可以讓騎的人放水壺。除了八舅舅和小阿姨騎過之外，八舅舅說我的大姐也騎過，是小阿姨給我大姐的，可能是有一次我大姐騎腳踏車來外婆家，回去嫌太累，就放在這邊，也不知道放了多久。這個下坡地該長大的、該離開的都離開了，這台車留在這裡也沒有任何作用，除了八舅舅流連在這裡，下坡地就跟那棵龍眼樹一樣，已經敗了根，只剩八舅舅固執甚至是任性的不願承認。

我那時沒有腳踏車，整個家族不分內外都知道我連續丟了三台腳踏車，八舅舅就把這台腳踏車給了我，我想我算是成功讓阿爸和阿母兩方的家族至少有達成一件共識。這台腳踏車陪了我一段時間，在考完基測後它才消失在網咖的店門口。

分家產前的八舅舅好像已經離開很久，到現在我還是不敢承認，那個分家產後的八舅舅和分家產前的八舅舅是同一個人。在外公過世之後，和我媽媽同卵雙胞胎一起出生的姐姐，我的大阿姨[31]，突然受到某種超神祕的啟發，無師自通知道眾人的前世今生，會看面相手紋觀運勢，通曉民間巫祇與儒道釋術法。聽說處理家產分配時的八舅舅跟每個兄弟姐妹都吵架，甚至是互毆，從阿母的口中，聽說八舅舅覺得他的兄弟姐妹都對不起他，都欺負他年紀小，但是實際到底如何，我們這些小孩從來沒有在現場，不知道。

姨媽媽說八舅舅是外媽前世欠的，這世人欲來討債；又說八舅舅面相越來越不好，眼神狠戾陰側；最後說八舅舅被歹物仔卡著。八舅舅分配家產後分到的一塊地，在「六角亭」整修了一間平房出來，格局和內山出奇地類似，幾乎一個模子印出來，連室內的擺設，辦公桌、電視、沙發都完全一樣。姨媽媽趁著八舅舅出門工作，在他家作法貼符，三牲四果等祭品不說，還帶了一隻大公雞，現場宰殺，把雞血塗在門楣，姨媽媽說不要讓歹物仔入來。

工作回來的八舅舅果不其然暴跳如雷，拿著菜刀衝到姨媽媽的家門外，拿菜刀狂砍姨媽媽的家門。小阿姨則給出了完全不同的解釋，說八舅舅有精神或情緒的問題，可能生病了，小阿姨去勸過八舅舅幾次，他們年齡相近，分家產前的八舅舅和小阿姨最親近，前幾次八舅舅也跟小阿姨說他會去看醫生，但過沒多久聽說連小阿姨也沒辦法跟八舅舅講話。我總在想，分家產後的八舅舅自己到底有沒有意識到，自己可能真的生病了？他自己是不是有病識感？他的晚熟、膽怯外加傳統的陽剛日式教育是不是逼得他不能接受自己生病？那是呈現軟弱，呈現他不能被以為的軟弱。

上了高中，我又到那家捷安特店牽了一台很常見的休閒型的腳踏車，我到現在還記得型號 G2800，是一台水藍色和銀色交錯的車，我騎著它從高中一直到台南的大學，再到後山的大學，是我人生擁有最久的腳踏車，是我的第六台腳踏車。

高中，我一樣在嘉義市念，第一年也申請了大學的乘車證，免費搭它們的校車上

31 大阿姨：小時候阿母工作沒空，我們這些小孩會給大阿姨帶，小孩都會習慣叫她姨媽媽，長大之後也改不過來。後續內容中出現的姨媽媽，指的就是大阿姨。

下學，還剛好搭上它們換的新校車，即便放到現在，也比台北市大多數公車設備都還好。周美惠也上了高中，她讀的是嘉義女生的第一志願，我是勉強擠上國立的技職高中，學我根本沒興趣的會計，我們還會一起搭校車上下學，但我們的話題已經越來越少。高二上的有一天上課，我突然覺得我想騎腳踏車去上學，我們家從來沒有人這樣騎去上學過，從火燒庄騎去嘉義市的學校大約需要五十分鐘，第一次我從芒果樹的綠色隧道出庄騎去，我覺得累，沒有想像中的累，同時我感覺到了一種解放，某種社會運行的規則不再強加在我身上，我好像拿到一小塊跟我整個家族不同的拼布，或是卡牌，可以讓我組合出離開這個循環的全新排列。

沒過多久，我就發現另一條可以比較快抵達學校的路徑，那是往水流媽廟的方向，沿著火燒庄牌坊直直騎去，經過水流媽廟，騎過橋，底下流的小溪被我們家的豬舍染成豬屎味，再往前騎去，右手邊會看到整個山頭的墓仔埔，阿爸說，那個山頭算是新的，在左手邊被樹林掩蓋的山頭才是真正古老，連阿公都不知道山頭埋的是哪些人。每次騎到這邊，清晨跟太陽落下後的夜晚一定會起霧，濃濃的霧。

陳聯薰《太平庄誌續寫．舊聞篇》〈游屍〉中闡有寫著夜官：「黑紗拎在手中有股微力，扯著行人往東行去。抵達東門，線香僅餘半個指頭的長短，就將熄滅。東門所見不復入城時的勝景，依舊整潔乾淨，不過路街空蕩，人聲俱寂，蟲鳥的唧唧嗚嗚，都消失在東門，空氣不敢妄作移動，凝固膠著。正對東門，一口井，立在城門前，披麻面遮透烏絹紗的婦人矗立在旁，腳踏一雙綴黑花的花盆高底鞋，軀幹長如懸吊，凶喪不祥，遙遙伸出蒼白尖指烏黑的掌，掌面朝天，伸向行人。揣著心，步步靠近婦人，烏絹紗下的面容看不真切，不見上回婦人持的皂色手巾，想來是這黑紗，緩緩放入婦人凝止不動的掌心，正欲退後，那隻指尖烏黑的掌猛然抓住退後的手臂，另一隻持線香的手也被攫住，陰冷濕寒，死蒼蒼的觸感，婦人拿過線香，另一手攫著不放，仰面如偶，張啟無聲的口，手若繩絲操提，一頓一停，把將熄的線香吞入。隨後望向行人，無聲的口好似發出無聲尖嘯，將行人推入井內。

歷經上下迂迴旋轉的水流狹戲般，身軀濕冷，口鼻全進了水，肺嗆得難受，腦袋如同擠過堅硬不化的寒冰，冷冽激疼，終於擠過一條壯麗崎嶇而幽微的水道，長長地吸了一口氣。」

我從來沒有多想這條路經過亂葬崗有什麼恐怖，學校的數學和會計補考讓我比較頭痛，我偶爾會跟周美惠請教功課，但周美惠的學科裡面沒有會計這門，雖然有些觀念她看一看課本就能教我，但我實在沒有心去學。我日夜騎著這台腳踏車，和幾個迷茫家庭關係的同學，在高中三年裡用腳踏車騎遍了整個嘉義縣市，我記得我們半夜騎在太保高鐵站旁彎曲起伏大蛇的馬路，我耳朵裡的 MP3 正播著五月天的〈借問眾神明〉；暑假最熱的正午，我們騎在毫無遮蔽、往布袋港方向的柏油路上，到了布袋港身上也沒多少錢可以吃午餐，只敢點一份蚵仔煎，再到 7-11 猛灌飲料。

高中升大學的統測考得很糟，來到台南讀一間藥理大學，覺得自己外表像死了一層皮，雖然把腳踏車一起騎下來，但是我拚了命的想再騎走，靠著高中讀的閒書，沒多久我就再把腳踏車騎到花蓮的大學，專門念現代文學，終於覺得外面那層死皮蛻掉了。

G2800 其實在花蓮被偷好幾次，都是在學校裡面，每一次都有找回來，經過不同學院的時候看一下，有時候就會看見自己的腳踏車。但即將畢業的那段時間，我心裡覺得這台腳踏車這麼破了，應該不會有人想要偷，被偷也就算了，停在火車站就回嘉義老家去，再回到花蓮，G2800 不見的時候我才真的感覺到後悔，它對於我來說已經不只是腳踏車，可能是我回憶中的某個不能替代的場景，但我再也沒有找回它。

周美惠在我開始騎腳踏車上下學後就逐漸淡出我的生活，她的行為舉止已經和正常人無異，周美惠念書一路成績都很好，大學以很優秀的成績拿到北部一間國立大學的全額獎學金，她的阿媽前兩年就已經退休，金紙店收起來，但閒不下來，花了十萬元租下一間二手小攤，在火燒庄牌坊旁賣肉粽跟四神湯，賣給附近的大學生，生意還過得去。我很少回家，幾乎沒有再碰見周美惠。

畢業後的第一年，我還留在花蓮製作作品，因為腳踏車被偷走，大學的朋友留給我一台腳踏車，是一台很特別的腳踏車。朋友的爸爸是開腳踏車店的，這台腳踏車是摺疊型的車款，但是零件經過朋友爸爸的改造，朋友說市面上應該是沒有第二台了，但相對的就是零件很難維修更換。花蓮是多雨潮濕的氣候，我住的宿舍停車的地方即便有遮雨棚，一年後這台腳踏車還是鏽跡斑斑，一些螺絲鏽到卡死，我牽去大學附近的腳踏車店，老闆跟我說這個他們沒有零件可以維修，我又再默默地牽回宿舍，有些鴕鳥心態地把車繼續放在宿舍車棚。一直到我離開花蓮那一天我都還記得這件事，想著有天回花蓮再去牽回台北，但過了快四年，我始終沒有回去牽過車，也不知道是不是被當作垃圾清走了？這是第七台腳踏車。

我兵役服的是替代役，下成功嶺後靠著專長選到台南某區的區公所，做社區營造的業務，但其實除了區長之外，沒有人想再做什麼社區營造，對地方完全沒有實質的效益，四、五個大學研究所剛畢業的人，能改造地方帶來正面效益，想想都覺得是天方夜譚。我用新訓的薪水買了一台摩曼頓的淑女車，配色是青綠和粉桃紅，我很喜歡這台腳踏車，每天早上到區公所都騎著這台車，跟著區公所的作息時間生活，那段時間過得很平穩，甚至是滿快樂的，我休假的時候也很少回家，留在台南那個區域，騎著腳踏車四處閒晃，或者待在宿舍看電影。

那間宿舍在地方上算是「高級住宅區」的一樓，聽說最早是地方的稅務局處的財產，後來行政職權調換，這邊就變成區公所管轄，平常就拿來放一些雜物，選舉期間當作投票所用，其實就是一間沒有隔間的辦公室的感覺。我們四位替代役男，有位個其實是台南人，住了大約半年後，大致上都清楚拍照點名的習慣，我們運用科技的技術完成點名，有時候兩個台南人晚上都是睡在家裡的，當然是以不出包為前提。

退伍後我做過幾份工作，最後來到新北淡水的某一間文化基金會做執行工作，摩曼頓的腳踏車一直跟著來到台北，來到淡水，舉辦幾次藝術策展活動、文學活動，又透過基金會到附近的一間劇團做主要的行政統籌。某一天要去劇團上班的時候，發現腳踏車已經不見，這時候我早就已經老老實實地使用車鎖，完全想不通竊賊為什麼這麼執著，要偷走一台已經上鎖的車。我下班後到附近的派出所看監視器，想看到底是誰偷走我的腳踏車，很微妙的是，我停腳踏車的路段前後都有監視器，唯獨我停的那個區域是拍不到的，警察建議我，可以估算可能被偷的時間，去看前後路段的監視器，於是我在派出所看了小半個夜晚，模模糊糊的監視器，看了半天就算有人騎腳踏車，我也認不出來，最後只能放棄。

周美惠聽說在南部的一間國立美術館擔任企畫的工作，策展了不少大型的藝術展覽，但我已經好久好久沒有見過她本人了。

我常常在想，我跟周美惠可以說是從小一起長大的，那為什麼人跟人之間明明曾經那麼親近，卻又會突然就漸行漸遠？甚至連聊天都會話不投機？應該是國小五年級的時候，我跟周美惠有一次騎腳踏車到土地公廟游蕩，土地公廟右側有一塊三角形的稻田，在三角型的一個角，靠近廟的那個角，留有一處集水用的水池，我跟周美惠停下腳踏車，蹲在水池旁邊，我們看見一條像蛇又像鱔魚的生物在游，我跟周美惠打賭，牠是鱔魚，周美惠很篤定地說牠是蛇，我說這樣講分不出來到底是鱔魚還是蛇，抓上來看才知道。

於是我整個人蹲得更深，上半身幾乎懸空，左手緩緩伸向浮在水面的牠，慢慢的，幾乎只差一點就碰到，腳一出力，重心一不穩，整個人像一顆深水炸彈跌進水池，炸起一人高的水花，我的背擦過水泥牆，當下還沒什麼感覺，爬上水池後才感覺到火辣辣的痛，幸好只是大面積的擦傷。周美惠陪著我慢慢牽腳踏車回去，我跟周美惠說：「我有看著，是蛇，妳贏啊啦。」

但我們沒有說賭注是什麼，可能周美惠根本就沒有要跟我打賭的意思。

回家後阿母沒有安慰我，反而到處跟鄰居、親戚說我這個小孩在路邊看到蛇以為是鱔魚要去抓，跌進水池的笑話。背部的擦傷很大，幸好沒有什麼內傷，阿母帶我去民雄鬧區一間國術館檢查身體順便擦藥，老師傅不知道幫我擦什麼藥，但是擦的過程痛得我幾乎要流出眼淚。老師傅拿一塊棉布，沾上他特製的傷藥，像刷烤肉醬一樣，用力地往我傷口來回擦拭，我結痂的傷口又重新裂開，一片紅腫。

但是最後癒合的方式我覺得很神奇，傷口結痂並不是一片一片黑褐色的痂，反而像是一片一片透明微黃的「米紙」從我背上掉落，我可以從我背上撕下一大片像是米紙的痂。但我總覺得這樣的癒合方式，很像是蛇的蛻皮。

這讓我想到小時候看過的蛇，在水流媽廟和我們豬舍之間的那條溪，我看過兩條巨大的蛇，那是連柏油都還沒鋪成馬路的時候，水流媽廟小小地佇立在橋旁邊，一座金爐要燒不燒癱在那裡。那時候小溪要整治，把兩岸鋪上水泥，怪手挖開河堤的泥土，有一天下午，阿母突然從豬舍回來，說要帶我去看蛇，河堤施工團隊挖出一條好大的蛇，有四個人那麼高，他們的怪手把蛇從中間鏟起，高高懸掛著，遠遠看去有些不清楚，有些灰土色的底色和褐色的斑紋，聽說是沒有毒的蛇，施工的工人都說要去拜拜，長這麼大的蛇都快要成精了，還被怪手挖破肚子，他們一定會倒霉。

還有一次是更小的時候，大姐騎著藍色帶有花紋的腳踏車，載著我準備從豬舍回家，在小溪和豬舍中間還有一塊狹長型的稻田，靠近小溪的那一側，稻田的邊邊有個引水的水坑，應該是和小溪相連通，夏天天氣很熱，水坑裡盤據了一條巨大的翠綠色的蛇，洗著引進來的溪水。我至今都還記得牠寶綠青翠的鱗片，鱗片隨著糾結有力的肌肉起伏，比我當時的大腿還粗的蛇身，我沒有看見牠的頭，但在我心裡，我覺得那是我最初對於神靈、對於野神的印象。

這也是少數我沒有和周美惠一起目睹的時刻，但那時的關係非常靠近，似乎我能遇見或看見這些野神的時刻，都是隨著我跟周美惠關係的遠近而決定，周美惠到底是不是夜官的轉世？小時候我覺得是，而且崇拜，上了高中之後發現周美惠有太多她自己的煩惱，我就像沒有開化的猴子一樣，在高中之前完全沒有察覺，如果擁有這些煩惱就是夜官，那全世界的夜官也太多尊了，祂們要守護的東西也太多了。我認為我和周美惠組合在一起才是「完整的夜官」，祂不是一尊真的呼風喚雨的正神、陰神或野神，而是一種兒童看世界的狀態，是一種人類看歷史的切入點，帶著守護卑微的出發點去觀察與行動。

陳實華《太平庄誌．異聞篇》：「佇太平庄南爿有山頭，庄民傳說山中有蛇精，青色紅影，出現時就愛供奉雞肉，伊和本庄有約數，凡是瘟疫惡神來犯，會替本庄對抗，仝時通報五穀王，聽聞較早伊是西菈亞族[32]的土地神，漢人來了後伊變做野神，蛇精舊神名號做『玄冥』。」陳聯勳閣有講著這个「玄冥」應當是西菈亞族的發音，漢人用漢字記錄。

32 西菈亞族：即 Siraya，今日譯做西拉雅族。主要生活區域在嘉南平原，十九世紀時因漢人生活領域重疊與文化侵襲壓力，部分遷往台灣東部。崇拜象徵祖靈神力的水。

第四章　矮凳與洗手檯

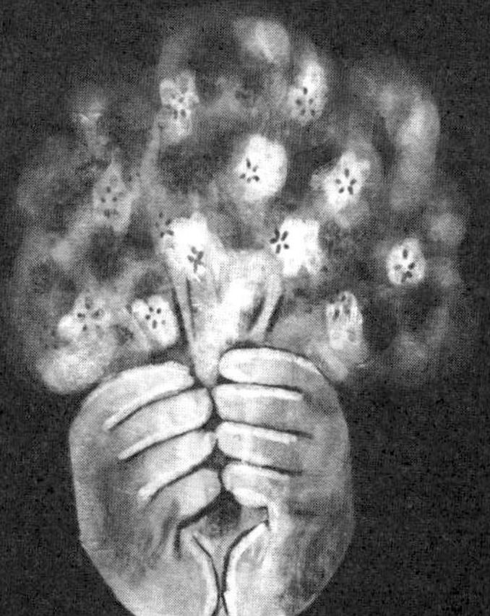

洗手檯。我常常幻想沒有人使用的洗手檯，鏡子裡面的畫面是什麼？鏡子裡的畫面跟我看到的是一樣的嗎？

每天早上牙膏的泡沫都是透過洗手檯流進水管，在洗手檯我們會得到短暫的清潔，宗教感一點說是淨化，洗手檯的鏡子凝視我們每日每夜從不潔到乾淨的過程，我認為洗手檯如果是個種族，鏡子就是它的雙眼兼具進食的功能（排水孔是另一張嘴），它享受食用我們的不潔。

如果碰上貪心而且富有「烹飪」天分的美食家洗手檯，它一定不介意加工一下食材。

小時候某一天的晚上，我抱著浴巾跟衣服不安地走到浴室準備洗澡，我一直很恐懼家裡的浴室，黑黑暗暗又潮濕，電燈開關總是要等個五、六秒才會亮，在那黑暗的五、六秒內，我都要全神戒備地看著漆黑的浴室門口，就怕裡面「有什麼東西」在那裡。今天我也同樣盯著那黑暗，燈泡亮的瞬間，我終於看到那個「有什麼東西」，她就坐在那裡，矮矮的置物架上，洗手檯的旁邊，八、九歲的女童模樣，一身古裝紅衣，頭上綁兩顆總角，蒼白的臉有兩坨深豔的腮紅，唇上點著胭脂，眼睛直直盯著我。

我感覺不到自己在呼吸，心臟很大力地跳，有可能也是嚇傻了，腦袋裡只想著開燈前要做的事——把衣服放到置物架上。就慢慢地走到她的旁邊，放好浴巾跟衣服，她沒有消失，眼睛好像也不是在看我，靠近她時我能看見她的腮紅、她的皮膚，看起來像是一種細緻的蠟，或者很精緻類皮膚的塑膠材質，不像是活著的東西的皮膚。

我跑開了。

媽媽很緊張地帶我去收驚，隱約記得收驚的阿婆說那是瘟神，但是我覺得它就是葬禮上人們燒給往生者的金童玉女，我心裡覺得收驚的阿婆亂說話。但是很奇怪，自從這次之後，家裡的洗手檯突然變得很乾淨，很久很久才需要清潔，就好像它在告訴我，我現在狀況很好，身體很健康。

上大學之後，人住在外頭，那是南部鄉下的透天厝，有時候半夜房間裡的電視會自己打開，一開始還會害怕，次數多了、時間久了就會對空氣說：別鬧。再起身拿遙控器把電視關掉，有一次關了電視之後想上廁所，開燈的瞬間我看見洗手檯的鏡子照出我的背面，眼睛一眨又恢復正常……它是一直在看著我嗎？

但是不知道為什麼我不太害怕，天氣太熱的時候，我會全身赤裸平躺在廁所的地板上，我刷得很乾淨，除了一點水的味道，這裡連衛生紙垃圾我都不會放，我在裡面睡著，地板引導水流的小溝槽被我想像成河道，廁所就是無邊的陸地板塊，洗手檯就是一切的水流生命的源頭和神明居住的地方，是這裡的奧林匹克神山。

照著洗手檯的鏡子我覺得自己不像宙斯，我想起夸父的力竭，還有化作桃林，如果它願意，我不介意它從我這邊摘下桃子吃。

矮凳　椅仔姑　椅仔奴
請妳三姑來坐土　粗粗椅
加蓮花　繡蓮子　蓮子椏
請姑仔來問話 姑仔今年是幾歲？

三歲三　穿白衫
滾烏領　烏領兜
手巾仔　繡荷包

荷包賴著錢　膝褲滾青邊

亦有花　亦有粉
亦有胭脂　點嘴唇
亦有檳榔心　荖藤葉

檳榔甜甜好食不分恁
分阮三歲姑仔確實親
饞咯饞　鏗咯鏗
阮三歲姑仔由遮來[33]

過去頭橋工業區的舊路會經過一座庄頭和大片大片的田地，那裡有附近聞名的黃昏市場，工業區和田地和村落交錯，市場就在其間。

黃昏之後，過了晚餐時間，市場攤販陸續收攤離開，鄉下的工廠留下少數人輪班維持運作，稻田從白天的炙熱轉為涼冷，田地周遭的小道路冷冷清清，有些灌溉用的溝渠裸露著，用水泥加固的水道靜靜地流，每隔五、六米就有水泥混凝土鋪面的小道路越過溝渠，連結道路和田地。在那些水泥混凝土鋪面上有一些做田人遺留的桌椅，全都是矮矮小小的，像是嬰幼兒時期的桌椅，白天也沒有見過有人使用，擺得整整齊齊，雖然會有些泥巴沾在上面，但是感覺經常有使用的跡象。

聽村里的老人家說黃昏市場那邊的庄頭以前很興盛玩椅仔姑，在黃昏市場形成以前是這裡小孩的娛樂活動。老人家說：

「我無耍過『關椅仔姑』但是細漢有看過蹛佇舊庄頭的阿姐仔耍過，佇上元暝[34]和中秋節彼規工暗時，由孤身的姑娘仔來召椅仔姑。」

放在田地旁的桌椅我從小時候就看到大，我從來沒有看過誰去搬動它，它早就應

33 椅仔姑童謠：因椅仔姑童謠版本眾多，內文參考《東石鄉閩南語歌謠（一）》版本，比較接近童年聽見的版本。

34 上元暝：即元宵節。

該風吹日曬雨淋朽壞掉，但是它總是好好地擺在那邊。這次我回鄉路過那個有黃昏市場的庄頭，路過那條溝渠，我還是看見它好好地擺在那邊，有些矮凳子上面，我總是覺得有誰坐著，靜靜地凝視路過它的人。

我記得高中的時候有朋友住在那個庄頭，我們很要好，那時候流行《魔獸爭霸3》的地圖模組遊戲，青春氣盛的高中生們沉迷於用這個遊戲廝殺分出個高下，我和他常常是遊戲搭檔，研究如何出裝結合技能，搭配團隊合作能有最高的傷害輸出。有一天假日我來到他家，輪流用他的電腦研究角色技能和裝備，兩人回過神的時候已經是傍晚，看不見太陽，餘光在踏出他家門的時候已經消失得無影無蹤，朋友的媽媽想留我下來吃晚餐，我不好意思打擾，堅持要回家，就騎著腳踏車，要回到火燒庄，大概有八公里多的路程。

「耍『關椅仔姑』愛先园一張跤椅[35]，佇交椅手按遐愛披一領白衫，親像人咧穿衫，椅仔頂放籃仔，籃仔內底园花、胭脂粉、鏡、耳鉤、檳榔，兩个查某囡仔扶椅仔，椅仔跤囥一桶水，唱唸椅仔姑的歌。」

回去火燒庄的路有兩條，一條是交通流量較大的縣道，是大部分車輛和外地人走的道路，繞得比較遠；另一條是比較偏僻沒什麼人煙的鄉下道路，沒什麼紅綠燈，甚至有交通號誌也不用管，只有熟門識路的在地人常在走，路程快了不少，即便現在讓我選，我還是會走這條偏僻的小路，當時是毫不猶豫地都選這條路走。

即便是現在的台灣農村也很少見紮得完整的人型稻草人，現在大都簡化成在農作四周插布條或選舉剩下來的旗幟，隨風擺動的時候嚇嚇鳥群。這條路回去的路上會經過一片田地，灌溉溝渠的混凝土鋪面上擱置一些旗幟和半完成的草人，勉強有個人形的上半身，套著六、七歲小孩的兒童上衣，卡通圖樣被白天的長期日曬曬得泛白脫膠，越往前騎發現這些溝渠鋪面上都擺了這些東西，穿衣服或不穿衣服的稻草人、旗幟廢棄物、老舊的桌椅。

35 跤椅：有扶手靠背的椅子。

我本來想可能是最近農夫們約定好要一起施作大型的驅鳥裝置，但是越過兩個溝渠鋪面後覺得有些害怕，前面早該騎過的一棵芒果樹，在越過第六個溝渠鋪面後又出現在前方，我騎了快五分鐘，還是沒有靠近的感覺，這在平常只有兩三分鐘的路程，現在好像在這條路裡面不斷倒退重製。

「椅仔姑來的時陣，椅仔會變重、會顫（tsùn），這咧時陣就會使問椅仔姑問題啊，椅仔姑會用椅仔敲下跤的水桶回答問題。」

原先都是躺或倚在地上、廢棄物上的稻草人漸漸有一些不一樣的動作，每騎過一個溝渠鋪面都會更換動作，先是有完整人形的站在椅子旁，下個溝渠鋪面稻草人下半身多了一條藏青色的長裙，再經過下一個鋪面，稻草人端坐在椅子上，背靠椅背手靠扶手，我越騎越快，要自己不看溝渠鋪面上的東西。

騎到自己沒有力氣再衝刺，終於越過芒果樹。覺得終於擺脫這個讓我發毛的處境，我趴在腳踏車上滑行喘氣，在前面的柏油路上看見走來一隊四人扛轎的隊伍，可能是晚上沒有燈光的關係，四個女人膚色有些泛灰蠟質的視覺感，穿著現代的衣服扛轎，轎上坐著一個稻草人白衣黑裙，臉部掛著一面白絹布，用墨水畫出簡單的五官。我的腳踏車還在滑行，看見這一支隊伍嚇得不敢有多餘的動作，連踩踏板都不敢，滑行過她們身邊的時候我不敢多看，她們也沒有其他動作。

「若欲椅仔姑離開愛講：嫂仔來啊。椅仔姑就走啊，因為伊三歲時予伊的阿嫂害死，會驚伊嫂仔。」

之後我還是常常跟朋友約出來玩魔獸的地圖模組遊戲，大部分流連在民雄的網咖，有時候跑到嘉義市，也常常去朋友家研究出裝。遇到扛轎隊伍之後，我有一天在學校讀到一本書，上面寫到有關中國紫姑信仰、台灣椅仔姑的分析，看完後就對那天遇到的事沒那麼害怕，發毛還是會，但是就感覺紫姑、椅仔姑的信仰，讓在傳統儒家思維的受虐死亡的幼童、女性有了一個精神方向的出口，是脫離知識階級屬於民間的撫慰形成的系統，只是看到這個系統實體跑出來現實世界是真的滿害怕。

上大學之後我很少回來嘉義，但是偶爾我會回到這條路，看看台灣西部鄉下才有的稻田平原景象，山脈在我的右手邊，聞到菜市場果菜豬魚的腥羶味。我很有可能再也看不見那隻扛轎的隊伍，但是如果那隻隊伍還在，我相信她們會有自己安適的生活跟娛樂，就像我有時候來逛這裡的黃昏市場一樣。

第五章　把記憶維持好：記持 kì-tî

高中有幾次我和周美惠去圖書館念書。周美惠正坐在我旁邊，看我記事本裡面的故事，上個月我剛拿到人生第一筆文學比賽的獎金。

「矮凳與洗手檯。」

周美惠問我是不是在寫鬼故事？我反而問她，妳都沒印象了喔？周美惠說她記得的版本跟我不太一樣，至少她是沒有看見過鬼。我不相信，說怎麼可能，那夜官怎麼解釋，妳還是夜官的轉世！

周美惠沒有回答我，直接轉過頭去看她的書，臉看起來感覺有點生氣。

往梅山方向的下坡地，那是我外公外婆的家，如今他們都已經死去，肉身粉碎，組成物質將要散去，透過細菌、黴菌、真菌、微生物、蠕蟲與蛆蟲、植物、肉食性的中大型昆蟲等等，這些生命汲取失去生命的肉體，進食、消化、獲得養分、排泄，完成一次的物質能量循環，這些排泄物將再次進行以上的輪迴，到最後轉變成我認也認不出來的外公和外婆，再因為陌生而感到對於死亡的恐懼，恐懼再感染成對於生命的依戀。當然工作太多的時候依然很想撞頭去死。

但我相信某部分的外公和外婆還是活在這個世界上的，不管是要叫祂「鬼」、

「神」、「公媽」、「佛祖」、「仙」，這些名詞的定義都是屬於台灣葬禮上，出現這些名詞指涉亡者時的定義，但我寧願把這些漫天的鬼神佛祖仙叫作「記持 ki-tî」，華語唸作「記憶」，台語唸作「記持」，我喜歡這兩個字組合起來的文字印象。記持，把記憶持有、把記憶維持，既是擁有回憶，也是提醒自己，回憶是需要維持的，並不是放在那邊不理，就能一輩子持有。

我五舅的兒子，我的表哥阿靖，只大我兩歲，我們從小幾乎是一起長大，畢竟我想逃離家裡的時候，大多數是來到下坡地，來到外公外婆家，同時也是阿靖的家，我大多數是跟阿靖混在一起。這個ㄑ字型的三合院，阿公阿媽的家和倉庫相連，更早以前的倉庫可以停放大型聯結車，如今太多雜物，車開不進去。形成其中組成ㄑ的一邊，另一邊則由ㄑ的直角開始依次是阿靖他們住的區域、神明廳、五舅改造的KTV包廂，最早是查埔祖的房間、雜物間、已經廢棄沒有再整修查某祖的房間。

高二下學期的時候，阿靖已經高三好一陣子了，外公已經過世兩年，兩年間這個下坡地從每次過年過節熱鬧無比的記憶，變成冷清少人問津的現場，阿靖其實應該半年前就要畢業，但他蹺太多課，學校的導師說至少要把一些必修學分上完才能畢業，其實沒有要為難阿靖的意思。五舅雖然感覺把「家」裝在下坡地，但他其實另外在彰化還有承租一間房子，他學會家裡運輸豬隻到肉品市場，觀察與喊價拍賣豬隻的手藝技術，但並沒有接下外公的「事業體」，外公他們家男生的脾氣繼承外公沉默嚴肅傳統的陽剛日式風格，五舅尤其繼承得最到位，完全沒辦法和外公一起工作，叫囂互罵是常態，只差沒有互毆，索性就自己開聯結車，自己經營運送豬隻兼喊價競拍的工作，海派大膽的個性確確實實有風光一陣子，獨自一人的工作營收就比得上外公創立的合作社獲利，從起步的「半拖」[36]，全盛的時候買了兩台「全拖」[37]的聯結車，還聘了一組助手跟司機。

但相對的，海派大膽的個性在應酬喝醉酒後更被放大，尤其是大膽的部分，連續的車禍肇事、鬥毆打架、暴力威脅，多數是喝醉後不能忍受別人看輕他。很快就開始影響工作，運輸的豬隻常常照顧不好半路就死去，競拍的時候喝酒，亂喊價格，時間一長和客戶也爆發衝突，九〇年代大型的豬隻養殖場獲利驚人，雲林一帶有多戶是養

36 半拖：貨運行業中的慣稱，意指聯結貨車，一台車頭加一輛子車。

37 全拖：貨運行業中的慣稱，意指聯結貨車，一台車頭加兩輛子車。

殖破萬頭豬隻的大型養殖戶，月入百萬稀鬆平常，養殖戶和地方政商關係都極為良好，五舅喝醉後放狠話、動手打人的舉動讓他開始多次的被修理，漸漸地也失去客戶。

五舅早已無力改變他的事業狀態，兩台全拖已經賣掉一台，也沒有助手跟司機幫忙，住在彰化的租屋處嘴巴上是說工作需要，離肉品市場比較近，但更多的是他早就已經不會和阿靖相處，不知道如何維繫和維持一個家庭。他早已離婚的原住民老婆，一天到晚被他喊「番仔」，這個「番仔」是唯一能聯繫他與家庭的連結，但猜忌與懷疑讓他無法忍受，揍這個「番仔」對他來說是剛好而已，畢竟她可能、應該、或許就是讓他戴綠帽了。

「梅山」這兩字的由來會使講是真查埔人的角度，聽講較早梅山毋是叫梅山，佇日本時代早期是叫「梅仔坑」，因為有滿山的梅樹，但是這咧講法無一定正確，嘉義這爿梅山的懸度無懸，天氣可能會無夠冷，無適合梅花的生存。

一直到一九二〇年日本政府共「梅仔坑」改名號做「小梅庄」，《台灣日日新報》紀錄：彼咧時陣引起當地民眾的抗議，感覺小梅兩字：「帶有女性，殊不足以冠庄名」。一直到國民政府就改作較男性陽剛的「梅山」。

到了我高二下學期這一年，阿靖和外婆一人住く字型的一邊，外婆別說要管阿靖，外婆自己罹患白內障、高血壓、糖尿病等慢性疾病，走路都顯得困難，需要阿靖的照顧，阿靖也說得上是孝順懂事，對於外婆的要求或照顧一定不會落下，只是我這次寒假再去跟阿靖鬼混，發現天不怕地不怕的阿靖開始有點奇怪。外婆家其實不只有く字型的三合院的腹地，從く字型的直角，阿靖住的區域再往右走去，相連著一片小廢墟，那是以前外公外婆養哺乳母豬和小豬、雞鴨、孔雀的區域，如今早就已經破敗，餵食槽裝的是泥土灰塵、老鼠糞便還有各種千奇百怪生活在其中的蛆蟲。經過這片區域，阿靖才會抵達他的浴室，在抵達浴室前那真的是一片漆黑，而浴室後面是更大一片已經廢棄的豬舍，比阿靖和外婆住的區域還大，簡直就是被黑暗和廢墟包圍的浴室，浴室中微弱的燈光開始讓阿靖變得敏感緊張，或者真的是看見了什麼吧？

那天我本來要去那間浴室洗澡，阿靖拿著手電筒帶著我來到浴室，看了看說：

「莫啦，先莫佇遮洗啦，我最近攏去阿媽遐（外婆住的那邊的浴室）洗身軀……佇遮我有聽著看著有人和怪聲……」

這實在不像是阿靖會講出來的話，這間浴室雖然描述起來可怕，但其實我們從小到大都在這邊洗澡，是再熟悉不過的空間。他邊說話的時候，邊把手裡的手電筒照在浴室的門口右側牆壁頂端，因為這面牆其實是和已經廢墟的哺乳母豬和小豬的豬舍相連的牆，最上端是木栓式結構，沒辦法拆掉，就乾脆留了一道和這面牆同長度的縫隙，大約兩個成人拳頭大小，順便當作通風，那個高度也不太可能有人去偷窺，除非他挪開四散在廢棄豬舍的雜物，再搬一座梯子架高才有可能窺探，我們可以透過兩個拳頭的縫隙，看見外面，但其實只看得見豬舍木栓式結構的天花板。但阿靖跟我說：

「有一工我咧洗身軀的時陣，我聽著飼豬仔囝暝有怪聲，我料想是老皮（老皮是阿靖飼的臺灣土狗之一，有皮膚病，後腿生一粒瘤，四隻跤有兩隻無方便）咧叫，老皮走去……遐準備欲睏，天氣寒，我有佇暇囥舊衫和棉被，老皮和其他的狗會去睏遐，但是彼个聲無親像狗行路的聲，狗有四隻跤嘛，我就感覺怪怪啊。我緊共衫穿好，拄共褲穿好，我就看著頭頂這縫有查某人的面咧看我，面白蒼蒼。」

阿靖講的當下我還嘲笑他，以為他在跟我開玩笑，但他很認真，說是真的，他沒有喙潲（騙人）。我當下沒有跟他認真，以為他只想作弄我，但也沒有堅持要在這邊洗，老老實實地去外婆那邊的浴室洗澡。現在想起來，阿靖那些異常的行為和故事應該不是為了作弄我編出來的，是不是真的看見什麼我不能確定，但是幾乎半座小山頭只生活著一位行動不便、半瞎眼的老嫗，還有一位幾乎要輟學的高中生，他對於生活和未來不確定的恐懼，如果沒有一些異常行為出現，我覺得那才是最大的異常。我有些難過和後悔，那時候我沒有察覺他述說的這些「靈異」背後的恐懼，我還是置身事外，在我想逃家的時候來到這裡，來到一個沒有人管理的區域，那些混亂的野神和孤魂是讓我擺脫束縛的目標追求，我為何不能像那些野神、孤魂一樣的自由？但對於阿靖來說，那是未來巨大的不安。

清朝，蒲松齡《聊齋誌異》有〈美人首〉故事，佇中國京城有幾个生理人蹛佇飯店，客房的一堵壁破了一空，親像酒杯遐大爾爾，生理人佇客房開講啉酒，雄雄破空軁（nǹg）出來一粒婧查某的頭，頭頂閣挽鳳髻，連鞭著閣有一隻手伸出來，生理人予驚著，其中一个較大膽的，就欲去掠查某人的手，查某人感覺著，隨共手和頭收轉去，大膽的生理人閣走去和壁相連的隔壁房看，啥物都攏無，伊叫一个生理人留佇隔壁，閣轉去原本的房間，無偌久婧查某的頭就閣鑢（nǹg）出來，大膽的生理人擇出伊藏的大刀，對查某領頸刜落，共頭斬斷，血流佮滿塗跤，但是隔壁留守的生理人根本都無看著有查某人的身軀。

那天去了外婆那邊的浴室洗澡，但認真說起來，在外婆的く這邊，我最害怕的其實是浴室那個空間，外婆這邊的浴室有兩間，一間是房子最後面廚房外的新式浴室，就是台灣老花磚浴缸的那種，算是室外的浴室，外面就是緊鄰倉庫和豬舍的交界；另一間在屋子裡，和廚房相連，是完全沒有裝飾，用水泥建築的浴室，一片灰黑，只有一座洗手盆兩支水龍頭，一支冷，一支熱，在洗手盆中混合成適合洗澡的水溫，洗手盆的正上方掛著一個表面有鏡子的塑膠收納櫃，浴室長期的使用，水泥表面都有一些生物質層、青苔，尤其它有一個很特別的結構，面對洗手盆，在人的右手邊，大約成人身高的腰側有開兩個正方形的洞穴，大約有三十乘三十公分的大小，裡面漆黑看不見東西。我從來不敢把手伸進去洞裡面，我忘記誰跟我說過，說這兩個洞是相通的，裡面的空間是為了讓使用的人放一些雜物，但我實在想不懂，這兩個三不五時會有蜈蚣、蟧蜈[38]跑出來的漆黑洞口，到底有誰會敢把手伸進去？而且我更害怕的是，裡面跑出來的不是蟧蜈，是另一隻白色的手握住我的手。

那次我去找阿靖，幾乎一整個寒假都是吃五舅買回來塞滿冰箱的冷凍水餃，大概是怕阿靖又亂跑學壞，阿靖身上也沒有多的錢，外婆除非是阿靖身上沒錢吃飯，不然是不會主動給阿靖錢，我更不用說，一個高中生趁著家裡不注意逃出門的，身上更不可能會有錢，吃了一整個寒假的水餃後，我到現在還會有點害怕水餃。

阿靖其實還有兩個雙胞胎姐姐，但那時候兩個姐姐都已經離開下坡地，離開嘉義去到別的縣市念大學。現在想起來，阿靖真的是本性不壞的小孩，在那麼孤獨的狀態下他沒有像我一樣的逃離家，我想，要是我是阿靖，說不定會把半眼瞎的阿媽丟下，逃進某個朋友或親戚的家中吧。但倒也不是說阿靖是又愛讀書又乖的那種小孩，我有許多違法或違規的體驗，都是跟著阿靖一起的，不是吸毒打架那種，最多就是開車或

38 蟧蜈：lâ-giâ，白額高腳蛛。

騎機車，故意去挑釁攔查的警察，我們會挑攔查超速闖紅燈違規的警察，把機車的車牌遮起來，如果是已經坐在警車上的我們就不會去挑釁他們，如果是兩人一組架攝影機在拍攝的警察就可以放心，因為他們還要顧好攝影器材，再發動汽車或機車，光是走到車輛的地方，我們早就已經消失在他們的視線範圍外了，印象中我們都沒有被抓到過。

白天的時候，我往阿靖他們那邊的廁所走去，有一陣子沒有仔細看，廁所的屋頂是用鐵皮搭建的，我記得不過就是幾年而已，廁所的鐵皮屋頂已經從綠色變成繡蝕的紅褐色，內層的海棉都已經發霉翻黑。阿靖說廁所的熱水器時熱時不熱，火點不燃，要去轉一轉一號電池才會正常，應該是接觸不良。我把廁所拋在後面，正前方是一座乾枯的小水池，只有微微的凹陷，如果不跟你說是水池，你只會以為這是地層下陷。這裡是以前讓雞、鴨、鵝、孔雀戲水游泳的地方，我幾乎都要忘記孔雀最後的去處，雞鴨鵝沒記錯不是讓狗咬死，就是我們烤肉的時候宰掉了，孔雀我們是不可能殺，那時候外公還在，會被阿公拿扁擔追著打，記憶中似乎真的有孔雀被狗咬死，但我隱隱約約又記得，外婆眼睛之前說過：「彼隻孔雀本底已經袂飛，雄雄有一工飛去樹仔頂，按怎共叫共喊攏毋落來，掔飼料甲哵（siânn）嘛毋。到日頭欲落山的時陣攏飛走啊，飛甲足高的喔，無看過飛遐爾高的孔雀，彼翅展開有夠媠的。」

但無論如何，眼前這座乾枯的水池才是記持中的真實。乾枯的水池長了一些即將枯萎的草，不知道被誰丟進一大堆的枯樹枝，還有一個空的生鏽的大油桶。再往水池的左側走去，是一條長長的紅泥道，是阿靖他們ㄑ的背面，連接著一小片竹林，竹林跟建築中間就是這條泥道，下坡地這附近的土都是紅色，聽說很適合種鳳梨，土中的鐵質比較豐富。我記得國小的時候，小阿姨還沒出嫁，八舅舅還是沒有分家產前的他，小阿姨或八舅舅會帶我們這些小孩在靠近水池的紅泥地，捏泥塊焢窯。小阿姨是美術科系的研究所畢業，焢窯前先帶我們提水捏泥巴，捏出一顆顆紅色泥塊，你可以自己捏出想要的泥塊造型，長鼻子長眼睛也沒關係，捏完泥塊後，小阿姨先讓我們把泥塊放在旁邊，一塊一塊整齊放好，稍微陰乾，再到旁邊的竹林撿一堆枯葉和竹枝回來，有些不夠就去養雞那邊拿幾塊已經劈好的木柴，挖了好大一個土坑，先把每個人捏的土塊在坑中疊起來，疊成一座座中空的圓錐塔，我那時還沒看過罐頭塔的形狀，不然一定會覺得很像。

一群小孩再擠到外婆的廚房裡，小阿姨和八舅舅帶著我們用鋁箔紙包番薯，做竹筒飯，把米和肉末香菇塞進竹筒中，加一點水，再用鋁箔紙把開口封起來。八舅舅正在處理準備要烤的雞，已經去完內臟，正在塗抹一些醬油蔥蒜辣椒胡椒九層塔的調味，用鋁箔紙包裹整隻雞後，八舅舅再帶我們到土坑旁，用泥巴把整隻雞裹上，捏成一顆大泥球。

接著小阿姨帶著我們生火，那是我第一次知道怎麼無中生有，讓火出現。等火把我們捏的土塊都燒得通紅，土窯變得堅硬，八舅舅拿著鋤頭敲掉最上層的土塊，讓我們把番薯、竹筒飯、變成一顆大泥球的全雞一次放進去土窯中，再把土窯敲塌，覆蓋上泥土，讓這些食物燜煮成熟。

陳實華《太平庄誌．舊聞篇》：「甲戌四月，土地生黑毛後地牛起身，佇太平庄東面的山中蹛著一群土匪，佪是由附近予庄頭趕出去的人結做團，會搶牛搶米搶查某，有傳說講這群土匪佇內山揣著官府予生番拍無去的火銃，有一牛車，一時變做諸羅地區上橫惡的土匪，靠勢火銃，土匪來犯本庄，太平庄有武館教習五十人，和土匪相刣，逃回十七人，土匪死九人，本庄毋願予土匪搶劫，就先家己放火燒庄，予土匪無物件通搶。」

土窯早就已經被我們敲碎，眼前的泥道只是雜草亂長，竹林蔓延的土地，再也沒人管理。水池右側的豬舍廢棄不過兩年，豬槽好像還留有飼料一樣，等著肉豬來吃，只是再等也是一片寂靜，有時候陽光會從豬舍與豬舍相連的屋簷縫隙灑進來，金黃亮麗在這座飼養與販賣，閹割與糞便，廚餘與玉米飼料，病死與蛆蟲的場域顯得格外溫馨。我原本想繼續走下去，下坡地好像永遠都可以往下走去，越往下越是蠻荒，越是自然就越是自由，那些野神與孤魂也會與我們同在。

阿靖在浴室那邊叫我，說我在搞什麼孤僻？我說我本來想下去「下跤層」（豬舍再下方的竹林），阿靖跟我說不要自己一個人下去，那邊最近也不乾淨，不止他有看到，連會回來照顧阿媽的二舅舅也有看到，是二舅舅叫阿靖不要下去的。看到什麼？我問阿靖。

「我是有看著人影爾爾。聽二舅講，有一工伊想欲去下跤層割竹筍，想講家己一个人割偌濟算偌濟，就五點起床欲去割竹筍，到下跤層割無偌久，伊聽著有鐵鍊仔拖塗跤的聲，二舅感覺無啥對，都趕緊覓起來，伊都看著有一个穿黑色古早衫，長頭毛，戴頭冠面閣有黑紗，看袂清面的查某拖一條長長的鐵鍊仔，對閣較下跤層行去。二舅覕佇遐動攏毋敢動，一直到日頭出來才敢起身。」

二舅舅有請道士來做法，道士說是遇到夜官，夜官巡場把在陽間搗蛋的惡鬼綁回去，剛好這片竹林陰氣比較重，活人比較少，夜官就借道要回鬼湖山頭，道士說沒什麼問題，不用擔心，他法會做完就沒事，怕小孩被嚇到而已，最近別讓小孩靠近「下跤層」。

這個女人拖鐵鍊的故事有點把我嚇到，我也忍不住在想，是不是這片下坡地活著的人和生活的人越來越少，山中的那些野神和孤魂就開始進駐這片土地？我跟著阿靖回到ㄑ字型的中央，這裡以前過年放長假就都會停滿回來探親的車子，ㄑ字型的對角處，在懸崖旁邊的那棵龍眼樹看起來似乎有些搖搖欲墜，樹身微微裂開一道縫隙，好像有什麼東西正在蛀蝕祂。

我記持當時外公的喪禮，我們在龍眼樹的外側燒庫錢，五舅舅喜歡風神[39]的個性又再次發揮，請了一台半噸的卡車載滿金紙，說要燒給阿公當做庫錢，金紙疊起來像一座小山，我的阿母和姨媽媽把外公的衣服整理出來，放在小山的最上方，等時辰一到，法師帶著我們繞庫錢轉圈，法師的助手把庫錢點燃，我們越繞越大圈，火越燒越旺，火焰衝向天空，原本以為離龍眼樹夠遠了，但還是有一些葉子被火烤乾掉下來，熱熱的氣流一攪動，落下好多的龍眼樹葉，好像被我們拷打一樣。法師說如果大家覺得太熱就站遠一點，心意到就好，不用勉強，印象中我的阿母應該是有哭的，但沒有像外婆死去哭得那麼激動，我難得看到我的阿母像是一個小孩一樣，說自己沒有媽媽了，一邊掉眼淚。

其實我覺得龍眼樹應該就是外公過世那次庫錢的火燒得太旺，讓祂落下病根。外婆過世前的幾年，靠著打市內電話和外界聯繫，其中我的阿母是她最常打電話的對象，聊天的時間也最長。我該說是因為阿母和阿爸幾乎不再講話，跟她自己的小孩講話也是講沒兩句就會吵架的狀態，所以她唯一能聊天的對象就變成她的阿母嗎？我總

39 風神：炫耀、打腫臉充胖子。

是以為，阿母那時候在外婆的葬禮上哭得那麼慘，是因為這個既是媽媽，也是社交情感出口對象的消失，阿母在這個世界上，再也找不到除了勞動之外的談心的對象，有那麼一瞬間，我覺得總是受到傳統跟迷信左右一輩子的阿母，活出了某種純正良性儒家思想的關係，雖然只限於外婆一人，時間上只有外婆過世前的兩年。

外婆葬禮上的庫錢也燒得很旺，還有厚厚的全新棉被也要燒掉，怕外婆佇下跤寒著，身體和靈魂醫師法師都幫外婆修補好了，她不再是眼睛會漏尿的老人，不再有高血壓、糖尿病等等慢性病的困擾，她的背從彎曲變得挺直，臃腫的身軀回復正常的體脂，她能走能跳能跑，臉上再度掛起笑容，臉上的皺紋消失，不再是沒有人陪伴的電話老人，不用擔心沒有人熱菜給她吃，她也不用再看著孫子說她已經吃飽，讓孫子快吃，不去理會即將失控的血糖。勞動工作一輩子的外婆，此刻不再需要勞累，她有滿滿的庫錢、別墅、管家、車子、棉被，再也沒有什麼需要她擔心，往另一個生的世界去，永遠都極度的祥和快樂。

經過兩次庫錢的火燒，龍眼樹樹身裂開一道縫隙，樹皮變得沙脆，樹葉枯黃無力，長不出什麼新芽。這棵龍眼樹不再是可以讓我們爬上爬下，在祂樹身上蓋樹屋的樣子，祂曾經在夏天的時候結過滿樹的龍眼，壓得樹枝彎曲，龍眼樹不再如同記持那樣，祂一顆龍眼都結不出來了，就要死去了。

陳實華《太平庄誌．舊聞篇》有鬼湖村里漢學先生記錄古早傳說中「鬼湖」的文字：「桃花片片落在湖面，一尾桃花魚銜著桃花瓣潛入鬼湖，直往深處游去。桃花魚天生殘缺，脊椎末段向左歪曲，相連尾鰭綻開一裂，抱缺不礙游動，銜桃花潛去。鬼湖深幽幽，天地明暗交際，顯現不屬人世間的物，似真似假，一植冥靈巨木橫過五百歲春秋聳立鬼湖深處，傾頹半朽，枝葉扶疏，水底巍巍搖曳。桃花魚游過冥靈末段分支，樹枝朽一窟洞，桃花魚銜花游入，宛若進了長長的樹道，探頭出洞，一片湛藍。」

其實ㄑ字型的倉庫那端，右手邊還有一座魚池，和龍眼樹一樣立在懸崖旁邊，在我高二寒假來找阿靖的時候早就已經不見，在二〇一〇年高雄甲仙地震[40]的時候，魚

40 甲仙地震：發生於二〇一〇年三月四日，芮氏規模六點四，震央位於高雄境內。

池整個從中斷成兩半被震落懸崖，那原本是一座長方形、用水泥建造、可以讓兩個小孩並肩下去游泳大小的魚池。我記持，外公在魚池裡面放養了好多錦鯉，我喜歡坐在水池邊，去看紅的白的花的黃的金的黑的錦鯉在游動，那時候外公會在魚池旁邊放一袋魚飼料，我灑一些下去，看錦鯉爭食。

外公過世之後，魚池裡的錦鯉也跟著消失，二舅舅說是錦鯉得了傳染病，一隻錦鯉得病，整池的錦鯉都死去。二舅舅又放了一些錦鯉進去，還有吳郭魚、土虱之類可食用的魚，如果要烤魚就能馬上去魚池抓一條。但沒多久，吳郭魚和土虱驚人的繁殖能力就讓整個魚池充滿牠們的子嗣，偶爾才會看見一尾有顏色的錦鯉在餵食的時候夾在牠們之間。之後還有放養烏龜跟鱉，但我已經越來越少來到下坡地，即便來到下坡地也不太會來到魚池邊，到魚池邊看被人飼養的吳郭魚和土虱，總覺得跟到海產店看魚箱裡的「食材」感受類似。

即便如此，聽說整座魚池因為地震斷成兩半掉下懸崖，還是覺得有些遺憾可惜，我和阿靖童年的娛樂，有一部分就是跳進去這座不太深的魚池裡，和錦鯉一起游泳，但魚池很乾脆地就斷裂消失。我站在懸崖邊上，看著底下已經碎成兩半的魚池躺在那裡，想著，聽說土虱的生命力很頑強，那一池滿滿的魚，我想如果有誰會倖存，最有可能的就是土虱，烏龜和鱉也有機會，而最先會死去的就是五顏六色又嬌貴的錦鯉吧。

在魚池還沒掉下懸崖之前，下坡地這邊的大小節日都會烤肉，邀請附近的親戚一起過來。有一年的中秋，我才國小三年級，我們在下坡地中央的門埕廣場吃著烤肉，突然我一陣尿急，雖然屋子裡跟屋子外都有廁所，但我們這些小男生幾乎都習慣到懸崖邊小便，我就走到魚池和龍眼樹之間的樹叢小便，那邊沒有燈火，樹叢中間有一些縫隙，我尿著尿著，發現縫隙中有一面暗紅色的布，仔細看發現是一條紅色的百褶裙，百褶裙的下方還有一雙穿著繡花鞋的腳懸在那邊，上半身被樹叢擋住，但怎麼想都不對，樹叢裡面根本沒有站立空間，下面就是懸崖，更何況腳還是懸著的，但我尿到一半，停不下來，就盯著暗紅色的百褶裙和那雙腳把尿尿完，再跑著回到廣場中央，大家正在烤肉的明亮處，我那時候沒有跟任何人說過這件事，半催眠自己只是看錯。

阿靖這陣子入夜之後，幾乎就不會再出房門，我們會去民雄租漫畫或電影回來看

（前幾天五舅有回來一趟，看我也住在這邊，給了阿靖一些錢），看累了就睡。隔天起床，阿靖和我會跟著二舅舅，離開下坡地去割竹筍，大約中午的時候回到下坡地，和外婆一起吃午飯，洗碗洗衣服，再稍微沖個澡，看電視或睡午覺，鄰近傍晚，我另一個年齡相差不到一歲的表哥也來到下坡地，我們開始撿木頭生火，五舅補了很多菜和肉在冰箱，終於不用每天吃冷凍水餃，我們拿了一些肉，搬椅子坐在下坡地的中央，圍著烤爐烤肉，整個下坡地只有屋裡一位半眼瞎的老人和三個半大的小孩，那時候全然自由的感覺，到現在都還清楚地記持。

在下坡地我總感覺時間過得很快，不久後學校要開學，阿靖也要開學，我高三的時候阿靖終於畢業，他不想再繼續念書，浪蕩了將近一年，最後被五舅半情緒勒索半強迫地去接五舅的工作。

國小四、五年級的時候，我如果不回家就會躲到外公的合作社，合作社的會計伯伯已經退休，大大小小的帳務開始由二舅舅記錄，但那實在是一門專業，不是外行人能馬上上手的，漸漸出現問題也是理所當然。我會記持阿財，他是合作社聘請的拖車司機，家在新港，有老婆和女兒，只是關係不怎麼好，但他對小孩很好，不是戀童癖的那種，有時候拉K之後會有些神智不清，但他本來就不是什麼很嚴肅拘謹的人，阿財阿財，就是悾悾（khong-khong，天兵）才會被叫阿財。

我有時候會去阿財的房間睡覺，尤其是逃家我阿母來找人的時候，阿母不太好直接進去別人的房間，我知道阿財半夜會燒一些東西，但那時候我不知道原來那是在「食K」，我有聞到味道，阿財離得我遠遠地在吸，就像怕讓我吸到一樣。

大學一年級的時候，我再回到下坡地去找阿靖，我好像在他的房間聞到熟悉又陌生的氣味，但想不起來是什麼，一直到出了社會，有一次出差到荷蘭，在某個私人派對上，看見有外國人在拉K，一時之間阿財和阿靖房間的氣味突然具象了起來，他們從來沒有一次在我面前吸食過，也從來沒有問過或告訴我過相關的事。

下坡地的「下跤層」是相當神祕和自然的地方，它一層一層像往下長的山，感覺竹林是沒有盡頭的，在下到五層之後，這裡的某些地面會湧出地下泉水，流成一條條小溪，會有沒有長眼睛的溪蝦或透明小魚在這些溪裡面，我特別喜歡抓溪蝦，牠們雖然游得很快，但小溪實在太小，我用手掌就能截斷小溪。我們抓了溪蝦之後會把這些溪蝦泡酒，洗過之後直接加入鹽巴、蒜頭、辣椒、醋、香菜或九層塔，拌勻後直接生吃，第一次吃還有點怕，個頭小小的溪蝦會在嘴巴裡面跳，但蝦肉的鮮甜程度遠勝過市場買的泰國蝦。

這時的外婆眼睛還沒瞎，雖然外公已經過世，但豬舍還沒完全廢棄。阿靖帶著我來埋豬屍，理論上這些豬隻屍體其實並不能自己私自處理，要交給環保局，他們會派車來收，但是下坡地實在太偏遠，豬舍的執照也一直沒有去延展使用年限，已經過期，外婆會要阿靖把病死或意外死去的豬隻帶去下跤層埋起來。我跟著阿靖用推車載豬屍體，來到下跤層的廢水處理池旁，這裡算是上層，是下跤層第一層和第二層的交界，阿靖說他這一陣子都把屍體埋在這邊，就不用走太遠，下跤層的天暗得很快，他說要快一點，晚了這邊會有殭屍。

我以為他又在開玩笑，問阿靖是怎麼樣的殭屍？我腦袋裡浮現的是港片裡面穿清朝官服的殭屍。阿靖說是從土裡面爬出來的，我埋的那些：「有一工我都傷晚來，天已經黑啊，我捒著死豬仔，到閣較下跤去埋屍體，到遐才發現之前埋的死豬公無去，剩一个土空佇遐，我想講是老皮囡共屍體挖出來食，就甲塗空挖較深欸，甲捒來的死豬仔丟入去塗空埋起來，我拄埋好爾，就看著彼隻死豬公徛佇頭前咧看我，腹肚攏破孔啊，不是殭屍是啥？」

「啊你尾仔按怎？」

「我車都擲的，隨走啊，好家在無共我逐。」

他這麼一說讓我覺得現在他不急不緩的動作有些過慢。下跤層這邊原本要持續地往下開發，在外公還在的時候，舅舅們輪流駕駛怪手開挖道路，我記持連怪手都卡住不能動彈好幾次，外公過世前，操作怪手的二舅舅聽說把怪手卡進山壁，用車拉都拉不出來，外公喪禮辦完後，怪手已經長草出來，又過了好幾年，阿靖準備要離開下坡地搬去彰化前，我又去了下坡地一次，在屋後的乾枯水池看見怪手停在那裡，鏽跡斑斑。

我的阿公很少去外公那邊，但他曾經跟我說過，外公那塊地（下跤層）如果好好開發能夠種很多農作，但就是太陰，都看不見太陽。語氣中我能感覺到阿公是躍躍欲試的那種語氣，在農作方面我沒有見過我的阿公開墾不了的土地，即便是像「後壁河溝」右側的小山頭，據我阿爸說曾經是滿山的石頭，根本沒辦法種東西，我的阿公硬是用雙手，彎腰撿拾滿山的石頭，硬生生開墾種植，把腰都撿彎了，挺拔的身軀變成了駝背。

但我從來沒看過我的阿公和外公聊過農作的事，甚至他們明明行動範圍都會重疊，但都沒見過他們聊天，外公握有一片未開發好農地，而我的阿公有精良的開墾種植技術，怎麼他們不聚在一起聊看看？但他們的行為處事風格實在太不一樣，我想他們沒有聚在一起也是好事，光是我的阿爸阿母就夠他們頭痛的了。

每年農曆四月二十六日的時候，合作社都會擺流水席請股東和合作的客戶吃飯，我們這些小孩當然也就沾光一起吃，大約還是國小三年級的時候，我帶著周美惠一起到合作社吃流水席，大人都在喝酒，小孩自己湊一桌，我跟周美惠很快就吃飽了，接著把目標放在電子花車跳裸體鋼管前面左側巷子撈金魚的攤販上面。

我跟阿母拿了兩百元，跟周美惠一人一百，兩個人馬上小跑步衝到左側的巷子，四盞白色的燈打在地上一排的小魚池上，圍了一圈的大人小孩。我技術很差，連用了兩支衛生紙魚網才撈到一隻魚，周美惠很厲害，一支衛生紙魚網就能撈五隻。周美惠只玩一次，我則是要把錢留給街機台，含恨只帶走一隻金魚，老闆在透明塑膠袋裡裝了一些水把魚倒進去，是一隻白色身體側邊有一點紅色斑點的小金魚，我提著那袋裝有小金魚的袋子覺得很開心，但周美惠那袋有五隻金魚。

陳聯薰《太平庄誌續寫・風俗篇》：「每年農曆四月二十六號，是本庄主神五穀王的生辰，庄人經過一冬的耕作，佇舊年豐收，春天掖種了後，感謝五穀王保庇五穀豐登，嘛慶祝一冬的辛勞收成，本庄每一戶攏會擺大菜請人客，仝時佇五穀王廟前請戲班酬謝眾神。」

外公本來在合作社招待股東，看到我從外面和周美惠提著金魚走回來，把我拉過去，說要帶我回家去找阿公，我家離合作社沒多遠，合作社在五穀王廟前這頭，我家在廟右側那頭；但外公好像把路走得很遠，周美惠在外公右手邊那頭，我在外公左手邊這頭，外公是走在自己的故鄉發愁，應該是為了阿爸阿母的事吧。原本三分鐘就走完的路，我們走了快十分鐘。

阿爸第一次動手打阿母那年的四月二十六，外公罕見地來我們家拜訪我阿公，說是興師問罪也不太像，不然就不會走那麼慢。畢竟我的舅舅們在事情發生後的隔天集體跑來我家，手拿一些球棒、雨傘器具說要讓我爸斷跤斷手，當然是沒有斷成功，還在互相嗆聲的階段，我阿媽就跑過來問舅舅們要幹麼，舅舅們一看輩分大的親家有些尷尬，說自己的姐姐被欺負，氣不過想教訓我阿爸。阿媽接著問說阿母在合作社住得好不好？去住一陣子沒有關係，但小孩都很想她。又說教訓我阿爸沒問題，不要斷跤斷手就好，阿爸還要工作養我們。接著又問教訓之前要不要先吃點東西喝點茶？

最後自然是沒有斷跤斷手，一個禮拜後，我的阿爸去合作社，把阿母接回來，但總是有一些尷尬，尤其是我的阿公阿媽和外公外婆。外公一見到阿公就說我跟周美惠跑去撈魚，阿公說要我去找一個大桶子裝水，把魚養在裡面。接著阿公問外公吃過了沒？再過來吃一些菜，外公也沒有拒絕，說很久沒和親家見面，邊拿過碗筷坐在阿公旁邊的位置，阿媽盛了一碗雞湯給外公，放了一隻小雞腿，外公邊喝著雞湯，阿公在旁邊說：「我今年山田遐（後壁河溝最右側的小山頭）拍算欲來種酪梨，價數較好，比種麻竹筍好濟啊喔。」

外公則說：「我豬寮下跤遐（下坡地的下跤層）麻竹筍欲繼續共種落去，應當明年叫怪手來挖路。哪我遐敢有法度種酪梨？哪會使我嘛來種一片。」

「你遐種會較食力，酪梨愛日頭大的所在，若恁下跤層遐傷過濕澹，日頭愛曝著才有法度種。」

「好啊，按呢我繼續種麻竹筍，阮遐可能嘛較適合。我遐最近有一片麻竹筍可能雨水食傷濟，烏白發烏白生，我就提筍刀共烏白生的尾斬掉，想講規片斬掉拍損，麻竹筍是愈老欉發出來的筍愈好食。」

「毋通斬啦，拍損。親像阮山田有時陣日頭會傷大，這馬我透早著愛去山田先共酪梨沃水，驚伊去予曝死，閣袂使一擺沃傷濟，啊嘛袂當中晝去沃，根攏會爛去。」

阿公和外公講完最近的農作之後兩人都顯得很開心，外公說再讓我陪他走回合作社，我趕快抓著周美惠一起走，這次走得很快，三分鐘不到我們已經走在廟前，子弟戲班正在演《三進士》[41]剛演到孫氏玲出來唱的段落：

「山西饑荒有三載，樹無葉來草無根；老者命喪九泉下，少年逃難奔四方。」

41　《三進士》：傳統戲曲戲目，廣泛在京劇、歌仔戲、亂彈戲等不同劇種中演出。講述妻子上京尋找考試的丈夫，無奈賣身為奴，又破鏡重圓的故事。

外公路過燒酒螺的攤販，買了一包小辣的燒酒螺給我跟周美惠，那是我人生第一次吃燒酒螺，之後吃的燒酒螺都沒有記持中的好吃。外公是在七十歲的時候過世，對比現代人的壽命平均線，外公是早了一點，醫生說是喝太多酒，身體早年太操勞，有高血壓和心血管疾病，肝已經有部分的硬化。醫生開了藥，外公是時吃時不吃，但喝酒減少了很多，每天睡前他會給自己大約50cc的高粱，他會分好多次把這杯高粱喝完，每次都抿一小口、抿一小口，很珍惜著喝。

那年四月二十六日結束之後，那週的禮拜六我和周美惠下午又到後壁河溝游蕩，還偷偷下到河溝，摸了一些蛶仔（lá-á，蜆）要放到我的大魚缸，我跟周美惠說不能跟我阿媽說，不然我會被打，周美惠點點頭說她不會。鄰近傍晚，日頭跟上次一樣，又只剩一半浮在田洋上面，我往吞沒日頭的田洋望去，看見遠方田中央插立著一根水泥柱，是農夫用來固定東西的重物，那根水泥柱上立著一個像女生的人影，長髮長袍，一隻腳單腳只用腳尖踩在水泥柱上，隨著將要落下的日頭緩緩擺動，那時候覺得這個姐姐好厲害，能夠單腳踩在上面。我問周美惠有沒有看見？周美惠說有，還說不要看了，我們趕快回去，我想揮手跟那個姐姐說再見，手剛伸起來就被周美惠打下來。我拿著裝著蝌仔的奶粉罐子回到家，偷偷把蝌仔倒進我用來裝金魚的大塑膠桶裡面，我可以蹲在塑膠桶旁邊，看見水裡面的一切，我放了石頭和水草進去，又放了一些砂土，讓蝌仔有空間躲藏。

大學畢業之後，有一次我在朋友那裡聽見他說一個故事，他說他有一個朋友，小時候住在花蓮的海邊，他們家有鐵捲門，門上有活動的開孔可以偷看外面，有一天晚上颱風天，鐵捲門被風吹得咚咚作響，朋友就打開那個開孔，看見外面海浪波瀾，海邊有公設的圍籬欄杆，還有路燈，他就看見路燈下的一座欄杆，上面站了一位女生，長髮長袍，看不見臉，用單腳的腳尖站立在欄杆上，隨著颱風天的颾風左右擺盪。

我一聽見這個故事，馬上就想起來摸蝌仔的那次經驗，也突然明白周美惠為什麼要打下我的手，周美惠可能早就知道那是什麼了吧？

那個大塑膠桶的魚缸我用了很久，那尾白色小金魚後來沒有養在我那盆魚缸裡面，合作社那邊有一座透明玻璃的魚缸，還有無限供應的魚飼料，沒多久我就把那尾小金魚帶過去，養在合作社的魚缸。養在合作社的魚缸之後才發現，原來金魚是可以長到很大的魚，牠一直活到我國中三年級，從指頭大小長成成人的手掌大小，最後是因為三舅舅放養的鯽魚攻擊牠才過世。

而我那盆塑膠桶魚缸，我又和周美惠去到後壁河溝的更深處，那裡有成群的大肚魚，我抓了一些回來，放養在魚缸，這些大肚魚活得甚至比那條小金魚還久，當然不是個體，而是族群。抓回來的大肚魚繁衍得很快，我很少換那盆水，很快就開始長一些青苔，這些青苔最後懸浮成像一張毯子的東西，蓋在水面上，這些大肚魚就會吃青苔跟孑孓，撥開那些青苔之後，會發現水其實不臭不髒，甚至連丟在魚缸底下的蝌仔都金黃金黃，一直到有一年的寒流，我忘記把魚缸拿進室內，隔了一個晚上去看，發現大肚魚都死光。

阿媽跟我說過，在她年輕的時候，大肚魚還沒有這麼多，大肚魚是日本人帶來的，我們台灣也有一種類似大肚魚的魚，以前都活在稻田裡面，都叫牠「魚目娘」[42]，但魚目娘沒有像大肚魚那麼忍受髒水，稍微一點水質不好就會死去，現在已經都看不見了。而且，阿媽還補充，大肚魚洗乾淨，去炸得酥酥香香很好吃。

我還記持，高中的時候，阿媽晚上太黑眼睛會看不見，每次來回我們家和簸仔店之間都會需要我攙扶，但她又不願意我們把晚餐飯菜拿到簸仔店給他們，她會覺得自己很沒用，我還記持，一開始我攙扶阿媽都抓著她的手臂，瘦瘦小小的，都摸得到骨頭，我跟阿媽說妳要多吃一點，阿媽直接抓過我的手，牽在手中，說：「手來啦」。

我的阿媽是在我在台南念大學的時候過世，我回去的時候就已經沒有意識，聽說就是在來回簸仔店之間的時候跌倒，跌下去的當下就失去了意識。我不知道這是好或是壞，但我很希望阿媽的失去意識讓她感覺不到痛楚，她沒有像外婆變成電話老人，某個方面來說她很有尊嚴地往生去極樂。我還記持阿媽往返我們家和簸仔店的時候，會把我的手牽在她手中。

---

42 魚目娘：中華青鱂 *Oryzias sinensis*。俗稱稻田魚、魚目娘、米鱂、彈魚、三界娘仔。主要棲息在淺水池塘、乾淨的灌溉溝渠、稻田中，對於水質要求較大肚魚高。

拜請

Pài-tshiánn

(上香) 阿欽，我知影你是袂閣轉來矣。我有聽著你佇厝外哭規暝的聲，彼工你轉來，規身軀全全血，胸坎的血空足驚人 (kiann--lâng)，你覆佇桌仔頂哭，彼陣，我就知影你袂閣轉來矣。咱的屘囝（ban-kiánn）有一暗共我講，伊看著阿爸徛佇蠓罩外口，彼陣，我閣較知影，你是永遠永遠袂閣轉來矣。

我毋是古早彼款苦情的查某人，你胸坎前的批我有看矣，喪葬費用三仟箍我已經還（hâinn）矣。你就萬事放下，厝內大大細細現此時攏平安平靜。

我想無，咱愛當時才毋免驚死踮機關銃口？

阿欽仔，三牲四果，就來鑒納 (kàm-la̍p)，一路平安。

〈拜請〉
說書線上聽

華語翻譯

上香。阿欽，我知道你是不會再回來了。我有聽見你在我們家後院哭整晚的聲音，那天你回來，全身都是血，胸口的血洞很嚇人，你趴在桌子上哭，那時候我就知道你不會再回來了。我們的小兒子有一天晚上跟我說，他看見阿爸站在蚊帳外面，那時候我更加知道，你是永遠永遠不會再回來了。

我不是以前那種苦情的婦女，你胸口前的信我有看了，喪葬費用沒有超過三仟塊，我也已經還了。你就萬事放下，家裡的大大小小現在都很平安平靜。只是我想不懂，我們要什麼時候才不用怕死在機關槍下？

阿欽，這裡有三牲四果，你就來鑒納，一路平安。

第六章　周美惠說

我有時候的確會在半夢半醒之間看到一些畫面，但我很確定自己沒有睡著，沒有睡著那就不是夢，而是回憶。

回憶有可能是真實的或是虛幻的，但即便是虛幻的，這些虛幻的回憶也是真實立基在大腦之中，不然為什麼我們要立法禁止神奇磨菇[43]？如果一切都是虛假的有什麼好害怕？這些虛幻或真實的回憶中，我從來沒有看過自己變成神或發光的樣子，所以我很堅信自己跟夜官佛祖沒有關係，至少我不是祂的轉世或乩身。

自從阿爸上吊的房間出租給大學生之後，我就很少再踏進去過，但是我就住在那間房間的正下方，不管夏天或冬天，我常常都會聽到樓上房間吊扇轉動的聲音，但其實房間裡的吊扇，在我國小五年級的時候就拆掉了，阿媽直接換了一台變頻冷氣給學生，讓他們有省錢的冷氣吹，也有可能是因為阿媽一直聽見我說吊扇在轉，讓她心裡不安，趁著手裡頭有錢把吊扇拆掉吧。

我有時候會在回憶中看見自己站在一座山頭上，在一座村庄裡面，奇怪的是這裡

43 神奇磨菇：*psilocybin mushroom*，致幻性蕈類。通常被稱為魔力蘑菇或迷幻蘑菇。

的一切都和火燒庄很像，道路、房子、雜貨店、五穀王廟，我還找到自己家的那間金紙鋪，很奇怪，門口的店面明明已經收起來了，在回憶裡它又出現，我聞到金紙和銀紙疊滿空間的味道，想起阿爸，阿爸也真的坐在金紙鋪裡面泡茶，旁邊有兩位我不認識的伯伯，阿爸看到我來很高興：「阿惠，天氣冷，妳先來哈一杯熟茶，這位是陳伯伯，都蹛佇火燒庄五穀王公園遐，今仔日扗好來買金；啊這位是盧醫生，蹛過一陣仔咱遮，後來伊厝內的人來揣伊，都搬轉去啊，今仔日來揣阿爸開講。」

我跟兩位伯伯打招呼，陳伯伯說叫他「阿華伯仔」就好，他常常在火燒庄看到我，覺得我很孝順；另一位盧醫生說叫他「阿欽伯仔」，又說很感謝我的照顧。我覺得疑惑，我第一次跟阿欽伯仔見面，哪有照顧他？

遠遠傳來吊扇轉動的聲音，就聽到阿爸說：「阿惠，有閒才轉來都好，妳來一逝傷忝，緊轉去歇睏。」

吊扇的聲音就在耳邊，我從床上起來，很確定自己沒有睡著，嘴巴裡還有剛剛哈熟茶的味道。看見阿爸的這天，我記得是國中一年級下學期的第一天開學，那陣子我的身體正在歷經變化，一個多禮拜後的早晨，我準備要去上學，一起床就發現褲子和床上有血，我知道那是月經，國小六年級的時候老師就有講過，有些同學來得比較早，六年級就有聽說她們在討論，阿媽還沒去火車站上班，趕快去 7-11 幫我買了一包衛生棉。

從那陣子開始，吊扇的聲音不再只會出現在房間，有次我和隔壁簐仔店小孫子騎腳踏車上學，突然就會聽到吊扇的聲音，感覺到有一個女人的聲音，她拿著香，這很奇怪，我還是看得到每天上下學的馬路，也知道自己正在騎腳踏車，甚至能停紅綠燈跟閃避車輛，但是我就是能感覺到一些畫面，那不是眼睛看到的，但是聲音很明顯，那個女人說：

「（上香）阿欽，我知影你是袂閣轉來矣。我有聽著你佇厝外哭規暝的聲，彼工你轉來，規身軀全全血，胸坎的血空足驚人（kiann--lâng），你覆佇桌仔頂哭，彼陣，我就知影你袂閣轉來矣。咱的囝囝（ban-kiánn）有一暗共我講，伊看著阿爸徛佇蠓罩外口，彼陣，我閣較知影，你是永遠永遠袂閣轉來矣。

我毋是古早彼款苦情的查某人，你胸坎前的批我有看矣，喪葬費用三仟箍我已經還（hâinn）矣。你就萬事放下，厝內大大細細現此時攏平安平靜。我想無，咱愛當時才毋免驚死踮機關銃口？

阿欽，三牲四果，就來鑒納（kàm-la̍p），一路平安。」

那個女人的話一說完就消失，我嘗試過跟那些聲音對話，但那些聲音都無知無覺，就好像那是一段以前被錄下的聲音，一直到這個時候，剛好我轉到了某個頻道，剛好聽見聲音的播出一樣，我就像是內建了一台收音機吧。我沒有跟阿媽或是任何人講過這些，我開始強烈地察覺到我跟其他人不太一樣，那讓我覺得孤獨，我只想跟其他人一樣就好，其他人不會像一台收音機，突然聽到不存在的聲音，突然看到不存在的畫面，而且我分不清楚那些聲音跟畫面到底是虛幻還是真實的？

於是我決定要把那些聲音跟畫面一律當作幻覺，吊扇的聲音響起時，所有的感知就都是虛幻的。我很努力地去觀察正常的女孩子該怎麼進行聊天，我也喜歡讓自己陷在國文課本或數學題裡面，每當我聚精會神在算數學或閱讀的時候，吊扇的聲音就不太會來煩我，但有一種課本例外，上歷史課的時候如果是講秦漢宋元明清就沒什麼影響，但國三的時候，我們歷史課即將進入尾聲，大概剩下兩堂課歷史課就要結束，課本上出現台灣的歷史，薄薄的不太多，講到二二八、陳澄波這幾個名詞、人名的時候，吊扇的聲音幾乎是貼在耳邊作響，我馬上把課本合起來，舉手跟老師說我身體不舒服，要去保健室一趟，我也真的走到保健室，問護士阿姨能不能讓我在病床上躺一下，我跟護士阿姨說月經來，身體不舒服。躺在病床上，吊扇的聲音更大，有個男人的聲音傳過來：

「自一九四七年開始，一直到解嚴（kái-giâm）[44]。阮庄仔外有一條橋，夜官巡場的時陣，攏會對彼條橋過，過橋了後……」

我再度看見山頭上那個村庄，我走到五穀王廟的位置，發現廟的名字不是五穀王廟，反而變成「夜官大士」，我走進廟裡面，廟中的一切擺設都和火燒庄的五穀王廟

44 解嚴：意指解除戒嚴令。《台灣省戒嚴令》於一九四九年五月二十日生效，至一九八七年七月十五日由總統蔣經國宣布解除戒嚴令，戒嚴總長三十八年五十六天。

一樣，但是主神神農大帝不見，變成一尊穿黑紗、形象介於觀音和媽祖之間的神像。忽然我聽到阿爸的聲音：「阿惠，妳閣愛上課，緊去上課。」

已經是下課時間，我坐在病床邊，覺得一切都糟透。回去上課，撐到放學，回去的路上籤仔店的小孫子嘰嘰喳喳講個不停，我好羨慕他有這麼多精力，尤其他似乎沒發現自己和其他人有什麼不一樣。我記得小時候在後壁河溝那次，籤仔店的小孫子向田裡面的東西打招呼，他問我有沒有看見？我很想跟他說只有我跟你看得見，但他完全沒有意識到田裡的東西不是人，雖然逆著陽光，我還是能感覺到祂的目光在我們身上，祂用腳尖立在水泥柱上隨風擺動，我不知道是惡意或善意，我只想快點回家。

那時候阿媽在火車站上班，工作很穩定，我也不想破壞這份平穩的狀態和生活，下學期就要考基測，阿媽從來不會擔心我的功課，我也發覺除了那些幻聽幻覺，我和正常人沒有什麼分別。基測我沒有考得特別好也沒有特別差，分數有在自己的預設目標之內，籤仔店的小孫子考得很糟，被他阿母逼著要考第二次，送去重考的營隊，我想他會在營隊看見他以為真實存在的朋友。

我開始想接下來的暑假要幹麼，從國一下開始，我和籤仔店的小孫子就沒那麼常玩在一起，他還沒有分清楚真實跟虛幻的界線，感覺不到痛苦，也讓我羨慕。暑假我開始去學跳舞、學畫畫，我舞跳得很笨拙，畫畫也抓不太到神韻，但我很喜歡畫畫，或者說看畫。我開始會去嘉義市的美術館坐一整天，拿著一張空白的紙照著描，我喜歡感受跟想像最初畫的人是帶著什麼心情、筆觸力道去畫的，而且這個過程中吊扇的聲音完全不會來打擾我，我在安靜的美術館真正得到安靜。

但是那個暑假只要躺在床上，我都會聽見吊扇的聲音，租在樓上的大學生姐姐因為暑假的關係回去了，不然我想她也會聽見聲音大得嚇人的吊扇轉動的聲音。有時候吊扇的聲音轉一轉就讓我睡去，有時候則不是，我好像被強迫去參與誰的事件現場，整夜都不得安寧。

暑假有天夜裡吊扇的聲音又響起，格格地響。我突然走到一間我完全沒去過的大宅院，我這次看見有個女人拿著三炷香在默禱：

「……阿欽，三牲四果，就來鑒納（kàm-la̍p），一路平安。」

她穿著一身米色碎花洋裝，身前有一桌供品，她的身後是正廳，廳中的神明已經被請下來，側邊擺了長桌跟那種很難坐、有扶手的木頭椅子，一個小男孩正坐在椅子上，吃著長桌上的午飯，吃到一半，他看見我：「妳是誰？敢是欲烝我去揣阿爸？」

我剛要說：我毋捌恁爸。就看見正廳的側門走進阿欽伯仔，阿欽伯仔笑笑跟我說：「阿惠，麻煩妳，幫我共阮囝講妳會烝伊去看我。」

「啊？啥？」

小男孩誤會我在跟他講話。

「我阿爸啊！佇遐。」用手指過去正廳中央的牌位。

阿欽伯仔有些不好意思：「彼是我啦，佃這馬攏聽袂著我，嘛看袂著我。」

我突然理解阿欽伯仔的狀態。就跟小男孩說：「我叫阿惠，是阿欽伯仔叫我來烝恁去看伊。」

「真的喔！阿母！阿母！阿爸叫人來烝咱去看伊啦！」

小男孩這一叫，那個女人才發現我站在屋內。

「唉呦……請問妳是……？」

我看向阿欽伯仔，阿欽伯仔說她是他的妻子林秀媚，跟她說我是他的學生就可以。

「秀媚先生娘，我是阿欽伯……盧先生的學生，先生伊有教過我一段時間。」阿欽伯仔邊在我旁邊說，有東西託我拿給她。

「是按呢啦，先生之前我物件囥佇我遮，先生有吩咐叫我提來還。」

「啊是啥物物件？」秀媚有些疑惑地看著我。

是啥物物件？我看向阿欽伯仔。阿欽伯仔指著正廳原本供奉祖先位置，上方的梁柱，說他有藏錢在上面。

「歹勢……敢有樓梯會使借？」

我爬上樓梯，在梁柱上方找到一條手帕，裡面包著金項鍊跟金戒指。我下樓梯交給林秀媚。阿欽伯仔跟我說裡面是他藏起來，讓家裡急用的時候可以拿去賣的金子，那條手帕是林秀媚送給他的。

「先生共我講這條手巾仔是先生娘送予伊的，內底的金仔是欲予厝內急用的……」

「……妳……妳到底是誰？敢是伊外口的查某?!」

「我毋是啦，真正毋是……是阮阿爸熟似盧先生，妳若毋信……」

阿欽伯仔共我講，妳綴著我來念：「我這一生唯一遺憾的是，無盡著丈夫的責任，好好愛妳，但這是『宿命』我無可奈何！我會深深甲妳攬住，我深愛的妳，我的形影，就欲離別今世……」

林秀媚一聽到我念的這段話眼淚就開始掉。

「妳……」

我看向阿欽伯仔，再看向林秀媚：「是阿欽伯仔愛我共妳講的，伊都佇遮……」

我還沒說完話，吊扇的聲音又響起，我的視線又開始模糊變黑，最後只記得林秀媚好像看到誰出現的表情。

我回過神，已經天亮，我很清楚那不是夢，我手裡面還留有梁柱間的灰塵，但我也不會想相信那是真實的。上高中之後，我的生活變得越來越忙碌，我參加社團、忙著念書考試，夜裡有時候還是會聽到吊扇的轉動聲，但我覺得自己開始有辦法區分這一切，我把吊扇出現的時段盡量控制在夜裡，夜裡的就歸夜裡發生，白天我就還是正常的周美惠。

　　簸仔店的小孫子最後考上嘉義市的高職，剛上學的時候還會跟我一起搭校車上下學，有一天他突然就不見，我以為是他開始蹺課，過一陣子他又出現在車上，他說他最近都會騎腳踏車上學，那是一個小時起跳的路程，他好像終於察覺到了一點什麼。之後有幾次，我跟他在圖書館碰到，他說他在寫一些東西，在投文學比賽，我覺得很適合他，他從小就能自己嘰嘰喳喳地講不完，但現在的他，真的安靜了很多。

　　高中畢業後，我成績還不錯，拿到了台北某間國立大學的全額獎學金，我的阿媽已經從火車站退休，閒不下來，在庄頭開了一間小吃店。我也發覺我的個性很適合做一些藝術研究性質的工作，在整理跟爬梳資料的時候就沉靜在自己的世界，我繼續讀了研究所，畢業後，在高雄的一間美術館裡面當研究員。有一回，我們館內展覽過去台灣雕塑家作品時，吊扇的聲音大得像直升機，我就一邊默念西方藝術史，一邊進行整理工作，至少在白天我很能區分開了。

　　我的阿媽，在我大四的時候過世，隔壁簸仔店阿媽已經過世好幾年了，簸仔店阿公現在都只能依靠代步車行動，他騎著電動車來看我阿媽最後一面，在代步車上拿香參拜，說我阿媽有我陪她很滿足了，妳去台北上學的時候，她都跑來誇妳，說妳多會念書，又拿了多少獎學金，讓她很開心。

我曾經做夢，夢見簸仔店那個方向變成一道大懸崖，巨量的水形成瀑布，灌向懸崖底部，我站在懸崖旁邊覺得很恐怖，手足無措，不知道該怎麼辦，我聽見阿媽的聲音，叫我回頭，叫我回來，我往後退一步，就覺得安心了。我清楚知道那是夢，不是阿媽回來找我，或者是托夢，我一直在想那些似人似鬼似神的東西到底是什麼？真的是某一種超越人世間的超自然嗎？

或者祂們都只是被拋下的事物？被丟棄遺忘的事物？祂們屈服在鄉野，即便在都市也是邊緣，我們的情感和情緒要怎麼得到科學未發明前的照顧與保護？課本的知識未產生前，我們就是無智的狀態嗎？我相信我跟簸仔店的小孫子都體驗到某種被拋棄的狀態，那是無心或有心的忽略，繼而產生「野」的狀態，我們以我們的理解去理解萬事萬物，這座火燒庄就在那邊，只是看我們怎麼去理解它。

在美術館工作一段時間之後，有一陣子我會想到阿雪仔，我其實跟阿雪仔也很不熟，但總是會不自覺地想到，她和仙女媽媽、長仙女三個人走在火燒庄那條芒果樹隧道的畫面，我想起小時候遇到她們，想到她們在隧道中的笑臉，就覺得有一種油然而生的開心，好像隧道中的她們真的變成仙女。

有天下班後，我身體很疲憊，躺在租屋處的床上，我很明確地知道我不是在做夢，吊扇的聲音又響起來，黑暗中，我看見仙女媽媽、長仙女、小仙女身上掛著透明的彩帶，飛躍在芒果樹隧道中穿梭，邊飛邊摘採芒果，臉上綻放的笑容，沒有其他人給她們的煩惱，不會有人罵她們，斜眼看她們，嫌她們髒臭，她們也的確不髒不臭，身上充滿花香，像是花神的遊行隊伍走在綠色隧道中。

夜官

Iā-kuan

自一九四七年開始，一直到解嚴（kái-giâm）。阮庄仔外有一條橋，夜官巡場的時，攏會對彼條橋過，過橋了後，有規山坪（phiânn）的墓仔埔，阮毋知影，內底埋的到底是誰？

有時陣，夜官會出聲，親像銃聲，親像風聲，嘛親像，咧哭的聲，庄內的人講，遐較早是戰場，是共人銃殺的所在，也有人講，遐較早捌著火燒，一个庄頭燒佮無去，是因為炸彈（tsà-tuânn）的關係。

這兩个風聲，全攏有影，住佇遐的人，是一群有路無厝的人，予人放揀佇遐。夜官共安慰、共照顧，佇遐自由自在、無病無疼，若是思念親人，夜官，就會𤆬(tshuā)個來過橋。

〈夜官〉
說書線上聽

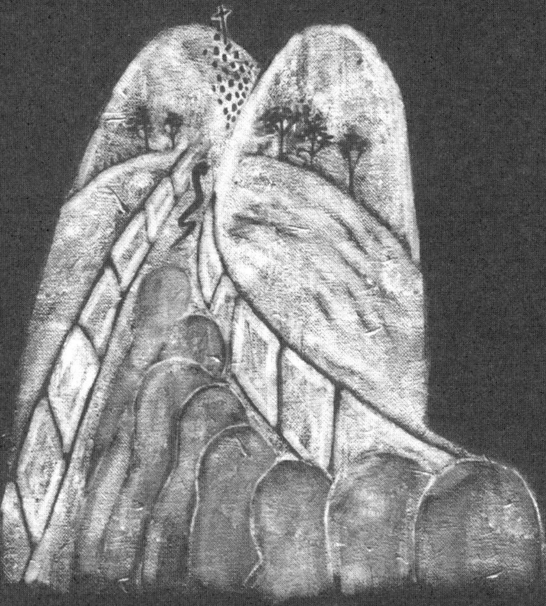

華語翻譯

從民國三十六年開始，一直到解嚴。在村里的外面有一條橋，夜官巡場的時候都會走過那條橋，過橋之後，有整個山頭的亂葬崗，村里的人都不知道亂葬崗埋的到底是誰？

有時候，夜官會發出聲音，像是手槍開槍的聲音，像是風嗚咽的聲音，也像是有人在哭泣的聲音。村里的人說，那邊以前是戰場，是處刑槍殺人的地方，也有人講，那邊以前發生過火災，一個村里燒成灰燼，是因爲空襲的關係。

這兩個說法都是對的，住在亂葬崗的人們，是一群找不到家的人，被人拋棄。夜官會安慰他們、照顧他們。那邊自由自在、無病無痛，如果思念親人，夜官就會帶他們過橋去探望親人。

第七章　民雄鬼屋

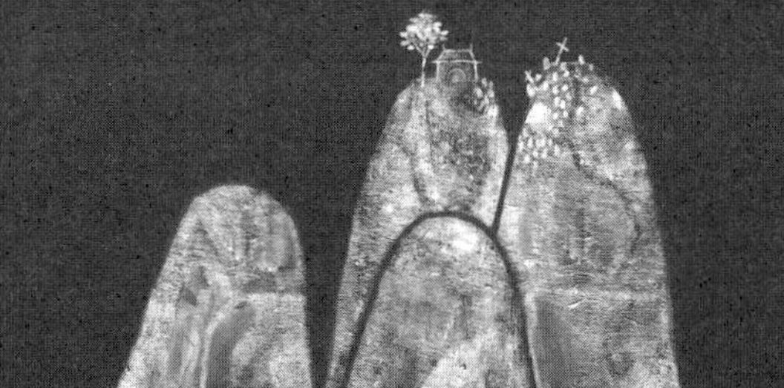

大家來到民雄都會想到兩件事，第一件事是民雄鵝肉街，問我哪一家鵝肉最好吃，我千篇一律地回答，現在還能活在鵝肉街上的店家都好吃。另一件事就是會問我「民雄鬼屋」[45]是不是真的有鬼？

我通常會跟他們說，如果想喝咖啡、聽現場拉鋸子琴可以帶你去民雄鬼屋走走。民雄鬼屋距離嘉義大學不遠，早就被大學生們踏遍每個角落，如果想看洋樓，我家隔壁的陳實華洋樓應該是目前全民雄保存最完好的。

鬼屋到底有沒有鬼？我想就跟水流媽到底是男是女一樣，永遠是不能解的歷史凝望。但是水流媽廟再過去的亂葬崗，一直傳聞過去有「夜官」出沒，夜官是大士爺的化身，而大士爺又是觀音菩薩的化身，觀音又是小仙女最害怕的神。

小仙女害怕她被觀音手中的淨水瓶洗去，她是骯髒的，讓村裡的小孩討厭，嫌她髒，嫌她臭。就像是人人害怕又厭惡的鬼，不是凶惡的那種鬼，是缺手缺腳缺記持的

45 民雄鬼屋：位於民雄興中村，廢棄多年的洋樓，地方上繪聲繪影有鬼魅出現，在靈異探險節目上被報導後，曾被稱作台灣第一鬼屋，為地方望族劉容如建造。一九二九年同為民雄三大阿舍之一的劉容如，見陳實華在火燒庄建造一棟華美的洋樓，興起攀比之心，也在興中村建造一棟三層樓的洋房。

可憐鬼，是餓死鬼、垃圾鬼、便所鬼、揩壁鬼、癩 ko 鬼。人人會使欺負的鬼。聽說夜官會保護孤魂，不像大士爺是惡鬼狀的鬼王讓小仙女害怕，夜官是身穿黑袍黑紗手提紅燈籠的野神，介於野性與神之間，介於陰與善之間，如果有孤魂害怕，夜官會伸手把祂的耳朵摀上，所有害怕的事情就會不見。小仙女會害怕穿著太整齊乾淨的人，也害怕長得太凶惡可怕的人，夜官就是小仙女一直在尋找可以親近依靠的神，火燒庄傳聞，周美惠就是夜官的轉世，理所當然，小仙女就像跟屁蟲一樣，跟在周美惠身邊。

《大士爺廟沿革》：「打貓頂街，自乾隆年間設此觀音大士，當其未設之先，迨七月一日起，每日下晡陰風慘淡，撲人面目，嘗聞鬼聲啼哭，人人畏懼，戶戶驚煌，時有觀音大士，屢次顯身，俾街中人共見之，高一丈餘，頭生雙角，身穿紅甲，青面獠牙，若見大士陰風輒止鬼聲皆息，人知大士足以鎮壓孤魂，是每年農曆七月一日用紅緞塗大士爺像奉祀壇中，誦經三天超渡孤魂是為頂街。」

現在的火燒庄其實早就沒有在拜夜官了，從來沒有聽說過有祂的廟，但為什麼火燒庄會人人都知道夜官？每家每戶拜地基主的時候，都會有個祕密基地，供奉著一塊沒有寫文字的木牌，我曾經問過我阿母，木牌是什麼神？阿母說是地基主，第二次又跟我說是夜官，我問她什麼是夜官？阿母又改口跟我說是地基主。出了火燒庄之後，我才發現，原來其他地方大多數拜的地基主都沒有形體，也沒有像我們一樣有個木牌供奉，火燒庄拜的真的是地基主嗎？

火燒庄的亂葬崗看起來雖然亂，但其實在地人都知道墓葬的位置有一些邏輯存在，越靠近西南側的墓越是古老，在土葬還不用多加錢的時候，火燒庄大部分的先人都是葬在這附近，我們家也不例外。對於我們家來說，掃墓是重要又散漫的，像是一種責任，帶了一點無奈跟必需，尤其是對於我阿公來說。

我阿公是被送養的小孩，但不是因為家裡養不起，聽阿公說，他原本的家姓蔡，是民雄地區的望族，他的阿母聽信算命仙的話，說阿公會剋夫剋母剋兄弟，會讓整個

---

46 《大士爺廟沿革》：大士爺信仰全台灣都存在，但大多在鬼月結束後會把紙糊的大士爺金身火化送走，唯一有神像存在並且設立廟宇供奉的，只有民雄的大士爺廟。內文為廟方記載沿革。

家族衰敗，就把他送給火燒庄趕種牛的張阿祖，阿公說他不能原諒他的生母，他這輩子最想做的事是讀書認字，他吃了太多不識字的虧。張阿祖雖然對阿公很好，吃肉吃白米飯都少不了阿公的份，但是怕送阿公去念書後他會偷跑回家，就不讓他去上學，並且在成長過程中不斷囑咐，在他死後一定要供奉、祭拜、清明掃墓、過年拜張家祖先。

我不太知道阿公是什麼樣的心情，帶著我們拿起香站在張阿祖的墓前，他很少吐露心事，雖然比起我土鱉鱉的阿爸，阿公比較健談，他總是很快地拜完，就把香拿給阿爸，讓他蒐集大家手中的香炷插在墓前。但他也不允許阿爸不去掃墓，即便阿爸的工廠臨時有工作要加班，之後他也一定要阿爸抽時間去掃墓拜拜，但我能感覺到，那更像是一種承諾帶來的責任。張阿祖的墓就在靠近西南方的位置，再更西南方是張查某祖的墓，依山傍水，墓碑的前方望去是一座小湖，可惜我國中的時候就被填平，改成種鳳梨，高中的時候再去，已經是赤紅土壤的大面積鳳梨田。

火燒庄派出所附近，阿姿姨精神狀況在我國小五年級的時候，變得有些失常、有些偏執、歇斯底里，幾乎就要變成仙女。阿姿姨是我國小同學，阿哲的阿母，阿哲說是火燒庄讓他阿母變成那樣的，因為火燒庄太落後、太封閉。他們的家雖然在派出所旁邊，但是百年的芒果樹離家太近，樹蔭都遮住陽光，不管白天黑夜，他們家都陰森森的，就是因為這樣他阿母才會和阿爸離婚，阿哲一直覺得他們家是凶宅，有鬼跟他們住在一起。

阿哲覺得自從阿爸離開這間房子之後，那隻鬼就越來越常現形，他會在阿母呆坐的房間眠床，一閃而過看到站立的長髮女鬼，阿母會指著空氣咒罵、講話、哭泣，每當他一靠近，阿母又裝作若無其事的樣子，阿哲問她剛剛在跟誰講話？阿母就會生氣，說囡仔人烏白講話，伊若有和別人講話，是咧看著鬼？

阿哲從小就學彈鋼琴，每天都要練習，那是阿母要求一定要做到的事，我有一次陪他練琴，看他手指頭飛在琴鍵上，覺得阿哲就是火燒庄最厲害的人，但他還是說自己彈得不好。他跟我說，有一次他在彈琴的時候，家裡都沒有人，阿姿姨出門去工作，他一直覺得背後的牆角有站一個女人，一直盯著他彈琴，他很想快點離開，但是他還沒彈完今天的分量，他就彈得越來越快，平常要二十分鐘才能彈完的譜，他只花十分鐘就彈完了，彈完的瞬間他往後看牆角，真的有一個女人站在那邊，但是眼睛一眨女人就不見，但阿哲有看到女人的臉，是阿姿姨的臉。

那天阿姿姨下班後，阿哲害怕地看著她，不敢讓阿姿姨靠近，打電話來問能不能睡我家？我自己都想往外跑了，怎麼可能帶阿哲回家?!而且也沒地方讓阿哲睡，家裡的房間塞得滿滿，除非阿哲想睡客廳。

阿哲掛了電話之後偷偷看向阿姿姨的房間，阿姿姨又坐在自己房間的床上，房間門半開虛掩，阿哲在房門外偷看，低著頭的阿姿姨突然抬頭看他，大聲喊：「阿哲！你為啥物今仔日鋼琴彈那麼快！為啥物！」

「你共我過來！我辛辛苦苦趁錢請老師來教你彈琴，攏無愛好好仔彈！」

「你是欲親像我和你老父仝款，一世人窟佇火燒庄袂出脫是無？」

說完就拿起旁邊衣櫃裡的衫仔弓[47]，往阿哲屁股上打。這都是阿哲跟我說的，其實阿姿姨在我們的記憶裡面都很溫柔，如果假日去找阿哲玩，阿姿姨都會切水果給我們吃，我還常常羨慕阿哲有這麼好的阿母。阿哲講，哪有啊，說他很羨慕讀大學的姐姐，都在外面讀書，沒有在家裡，接著就把褲管往上捲，大腿的部位，都是一痕一痕的瘀青。

阿哲要我們常常去找他，只要人多，家裡陽氣足就不會鬧鬼，阿母就不會被煞著，但其他人可能有被那些瘀青嚇到，慢慢地越來越少人敢去阿哲家。我是不怕，只要能夠離開家裡，就算鬧鬼我也沒有很害怕，至少在我親眼看過阿姿姨被附身之前我沒有很害怕。

某天的禮拜三中午放學之後，我和阿哲騎腳踏車從學校回到火燒庄，我不想回家，就問阿哲能不能讓我去他家玩？阿哲當然很樂意，馬上就答應。我們回到阿哲家，阿哲拿出鑰匙要打開貼有不透光隔熱紙的玻璃拉門，才發現門根本沒鎖。我跟阿哲一進門就看到阿姿姨坐在客廳，眼睛瞪得大大地看著我們，桌上擺著一本鋼琴譜、一支衫仔弓。平常阿姿姨看到我都會很親切地打招呼，問我餓不餓，渴不渴，要不要吃水果？喝果汁？

那天她一直盯著阿哲講話，好像我不在一樣。

「阿哲，鋼琴老師最近共我講，上課你攏無專心，閣會應喙應舌，你比老師閣較

47 衫仔弓：sann-á-king，衣架。

厲害啊嘸？來，你來彈予我聽，看有比老師厲害無？」

說完就走過來，把玻璃拉門關上，鎖起來。拉著阿哲往左邊的琴房去。我要走也不是，要跟著過去也不是，他們琴房的門沒有關上，我就站在門口看，連書包都不敢放下來。

阿哲家的琴房有一面對著外面的窗戶，有時候阿姿姨會打開窗戶，讓阿哲彈琴的聲音傳出去，火燒庄應該就是阿哲鋼琴彈得最好，四周鄰居沾光，可以聽到好聽的琴聲。阿姿姨把窗戶那邊的窗簾拉上，站在牆壁的角落，叫阿哲彈琴。阿哲很緊張，一開始彈琴就彈錯了好幾個音，連我這個外行的小孩都聽出來不好聽，阿姿姨開始在牆角喃喃自語，講著只有她自己聽得懂的話，阿哲緊張又彈錯，阿姿姨衫仔弓拿在手上，低著頭叫阿哲站起來：「我抉拍你的手，你的手是彈琴的手，站啊好！」

講完就拿起衫仔弓往阿哲的小腿肚抽，一句話都不說，阿哲臉上都是眼淚，但是不敢發出聲音，也不敢跑。我看著阿姿姨一聲不吭地打阿哲，很想離開這裡，又怕一動就發出聲音，好像看到阿姿姨背後站著一個女人。我想起七、八歲時候的惡夢，連續好幾天都做同樣一個惡夢，夢裡有一個穿白衣服的女人，拉著我坐在一棟社區大樓的花園磚牆邊，邊哭邊跟我仔細地說，自己是怎麼遇到壞男人，怎麼跟壞男人吵架，壞男人失控殺了她，又把她埋在某個地方，每當她講到她被殺死的時候，她就越顯得仔細跟冷靜，好像想要我記下來一樣，但我覺得害怕，怕得不敢動，我能感覺我躺在床上，阿母就睡在旁邊，但他們都幫不上忙，我不敢動。

「你知影厝邊隔壁攏按怎看咱無？你為啥物攏無愛較有出脫欸！」

醒來後女人講的話我就都忘了。離開阿哲的家之後，有一陣子我都不敢再過去，每次經過阿哲家，聽見鋼琴聲還是覺得阿哲很厲害，也佩服阿哲都不逃跑。那一年放暑假，我有一次實在不想在家，內山又有點太遠，想起阿哲家有電腦可以玩，就忍不住跑去找阿哲，阿哲很開心，又有人可以跟他一起玩，跟我說：「阮兜彼隻鬼已經毋敢來啊，你看。」

琴房的門口貼了一張平安符，平安符下面有一本醫院送的月曆，原本在阿哲房間的電腦也搬到琴房的角落，電腦喇叭傳出電玩的音樂聲。阿哲說，那次阿母打他之後，阿母也在家裡看見那個女鬼，阿母說她是被附身，就去問了火燒庄五府千歲的廟公。廟公雖然老，但是人很好，老廟公說那間房子從建好開始就沒曬過太陽，百年的芒果樹道把陽光都吃掉了，屋子裡面有人的感情在，好的感情、壞的感情，這些都是遊盪孤魂的糧食，你們家就是被瘟神煞著，予伊來附身：「這張平安符妳提轉去，貼佇予伊附身的所在門口。」

「閣有，也愛神也愛人，這張名片是阮查某囝開的診所，去揣伊掛號，予彼種物件附身會傷身體，阮查某囝會共妳調理。」

阿哲帶我去看壓在壓克力餐桌底下的名片——「千惠身心科診所」。

但是鬼其實沒有那麼容易就離開，上了國中之後，我和周美惠開始沒有那麼常一起騎腳踏車上學，有時候放學回來，經過阿哲家，還是會聽見斷斷續續的鋼琴聲。

國中的時候，有一年掃墓，阿公身體還算很好的時候，阿公說過去這邊因為幾百年來一直都在埋死人，日本人走後，國民黨剛來沒多久，這邊晚上會有哭聲，晚上整座山頭會有鬼火出現，火燒庄的人很害怕。五穀王廟那時候的廟公說，要請夜官過去那邊，安撫孤魂，但不知道為什麼，派出所的大人們說不能拜夜官，會被監視，廟公就帶著原本供奉在五穀王廟的夜官神像到亂葬崗，聽說廟公把夜官神像埋在最古老的墓碑下面，那尊夜官神像是純金打造的。

「你若會當揣著夜官的佛像，這世人就好過啊。」

我是長大之後才知道周美惠會做夢，不是一般的那種夢。我也會做夢，不是一般的那種夢，大概是我臉上開始冒青春痘、聲音開始變粗、人生第一次自慰的那陣子，身體賀爾蒙激烈的變化，我開始思考人到底是什麼東西？我為什麼有思考的能力？有一天的晚上，我在阿兄的房間準備要睡覺，阿兄已經去外縣市上大學，家裡終於騰出一間我可以獨處的房間，那陣子我養成睡前運動的習慣，運動之後會靜坐緩和深呼吸。晚上10點59分左右，那一次剛坐下來沒多久，腦袋突然一陣暈眩，也幸好就坐在床上，順勢就倒在床上，沒有撞到什麼東西，但是暈眩昏倒的我並沒有失去意識，那種感覺像是做夢，深度睡眠那種做夢，腦袋一片平和寧靜，感覺不到身體，但是腦袋很舒服。

在那樣的夢裡，我看見火燒庄外的山頭，那座亂葬崗，我來到西南方張查某祖的墳墓，墓碑前方是一座小湖泊，有一個阿婆正坐在墓碑前的小拱桌，她跟我說住在這邊風景很好，每天還都有厝邊來跟她聊天，叫我們不要太累，生活可以過就過，賺太多錢也花不完，講到一半，阿婆突然說夜官佛祖欲來，叫我先覕起來，我才發現原本墓前左側的后土小廟突然變得很大間，有一個大人那麼高，我就躲在后土廟[48]的後面。

我不敢偷看，但有聽見聲音，很像周美惠的聲音：「阿婆，恁若有後代囝孫來揣你，你就愛叫伊轉去，過幾工，我會𤆬南面、北面的人轉去陽世間，我是驚恁後代囝孫煞著。」

阿婆說她知影，馬毋知為啥我會跑來，小等就會𤆬我轉去。像周美惠的聲音沒有再出現，過了一陣子，阿婆叫我出來，跟我說：「等咧轉去就毋通閣烏白走來，過幾工啊，你若看著天邊有火咧燒，暗時就毋通佇電火柱仔下跤耍知無?!」

「好啊，緊轉去。若無……」

話沒講完我就醒了，我不知道過去多久的時間，頭上運動的薄汗沒乾，房間的時鐘還沒超過晚上十一點，可能只過去很短的時間。我沒有跟阿爸或阿母說這個事，覺得身體也沒有怎麼樣，反而昏過去的時候腦袋很舒服，就沒把這件事放在心上，當成是一般的夢。

隔天就正常去上課，身體也沒有什麼不適。快樂地迎接中秋連假，我再度趁著阿爸阿母不注意的時候跑回內山外婆家，幾乎所有的親戚都回到這個內山三合院的大埕。阿靖這個時候是最開心的，我跟著他跑東跑西，高一的他騎機車載著我，去陳厝寮的順泰商店買烤肉醬、烤肉網、木炭，回到三合院再撿乾柴、混合木炭生火，上烤網，從白天烤肉到深夜。日頭落山之前，內山龍眼樹後方的天空，像被火燒過一樣，紅色金色的雲都被燙得捲起來，小姨丈跟我說那是火燒雲，可能有風颱要來了，看了一陣子，就叫我趕快過來，他們準備開始在大埕擺桌子打牌。大人們三百、五百的押注，我們小孩會偷喝一點啤酒，邊烤肉邊看大人打牌，通常一位小孩會跟一位大人，如果跟的那個大人有贏牌，拿一點吃紅，算是比較不傷和氣，有贏錢也不是大人全拿走的意思。

那天一直打牌到大約晚上九點多，內山三合院的下坡入口處旁邊有一根電線杆的路燈，旁邊就是大龍眼樹所在的懸崖，幾乎所有的男生，不論大小都會跑到懸崖旁邊

48 后土廟：台灣傳統民間墓葬習俗，會在墓旁刻立一石碑或小廟，寫「后土」二字，是墓園土地的守護神。

站著小便。我跟著我的小姨丈打牌好一陣子了，手氣不錯，拿到不少分紅，從下午到晚上飲料、啤酒輪流喝，有點尿急，因為已經天黑，就跑到電線杆有光線的地方尿尿。我對魚池那一邊的樹叢有些心理陰影，又怕看到紅色的百褶裙和懸空的腳，就不敢過去那邊，好在這次在電線杆下面沒有看到什麼奇怪的東西，只有幾隻綠頭蒼蠅停在燈罩上，動都不動。

我走回烤肉的座位，阿靖從房子出來，拿出四、五盒仙女棒，我們一群小孩就跟著阿靖去點仙女棒。剛開始我們只是在大埕裡面點火揮舞，又覺得不過癮，就爬上下坡入口，內山晚上的馬路沒有什麼車，兩旁都是長青苔的牆壁，牆壁上面或下面都是林竹，彎彎曲曲的馬路，除了青苔牆壁、竹林，就是一盞盞豎立的電火柱仔，兼具電線杆與電燈照明的功能。

我們由阿靖帶隊，點燃仙女棒，像一支遊行隊伍沿著馬路電燈，往前走去，四周一片寂靜，只有我們小孩的笑聲。走沒多久，我突然覺得有點毛骨悚然的感覺，我本來走在隊伍的後面，總覺得沒有人的後面有人在看我，我往前擠在一個小孩前面，再偷偷往後看，後面經過的電線杆下，我看見有一位拿黑色雨傘的白衣女人，側著臉，準備要轉過來，我覺得很奇怪，這個時間沒有下雨，而且晚上撐傘很不祥。

我喊了一聲前面帶隊的阿靖，說我想回去了，可能阿靖也覺得走夠遠了，就說我們回頭，一回過頭，剛剛電線杆下的女人已經消失不見，我鬆了一口氣，趕快用跑的要回到外婆家，也沒跟其他人說，跑得飛快，其他小孩可能以為要比賽跑，也跟著我跑起來。

那天晚上我就睡在內山，和阿靖、表哥、表姐們一起睡，晚上我做了一個夢，我又夢到我回到電線杆下面，我四處張望，很怕出現拿黑傘的白衣女人，夢裡的電燈會閃爍，我想往外婆家的方向走，但怎麼走都找不到那個下坡的入口，我越來越緊張，開始奔跑，電線杆一根一根地經過，我往後看，拿黑傘的白衣女人就在我剛剛經過的電線杆下，我越害怕，拚盡了全力奔跑，跑過了一團霧，我突然來到亂葬崗的入口。正不知道要怎麼離開，我聽到嗩吶、鑼鼓、小鈔的聲音，后土小廟又變得跟人一樣高，我躲在後面，看到從亂葬崗深處慢慢走出一支夜行軍，祂們沒有槍枝盔甲，有些人吹嗩吶、有些人打北鼓或通鼓，大部分的人拿小鈔敲，面色哀戚，緩緩地跟在一位黑衣黑紗、手提紅燈籠的女人後面。

這支隊伍經過了后土廟，我遠遠地跟在後面，一路來到水流媽廟前的橋，祂們很慎重地祭拜橋，領頭女人的旁邊有一位男人，邊撒冥紙邊喊：「過橋喔！所有的人都愛過橋喔！毋通落勾喔！跤步細膩喔！毋通予溪仔水沖去喔！」

「過橋喔！有路行路，無路過橋喔。」

隊伍慢慢地走過橋面，男人撒出去的冥紙一張變三張，三張變十張，漫天都是飛舞的冥紙，掉落的冥紙幾乎鋪滿整座橋，隊伍裡人都腳踩著冥紙，很快就通過橋。我經過水流媽廟的時候，又看到那個全身赤裸、皮膚蒼灰的男人蜷縮在神龕中，他眼神好像哀求什麼，但是一句話都說不出來，用眼睛慢慢目送我走過水流媽廟。

我跟在隊伍後面，遠遠地跟著，領路的黑衣黑紗、手提紅燈籠的女人走在路中央，兩側種有芒果樹，沒有像火燒庄舊路那樣的茂密，稀稀疏疏的，原本跟在後面的人，都跳上芒果樹，一棵樹飛過另一棵樹，雙腳都沒有踏在地上，我看見最近的一棵芒果樹上，蹲著一個隊伍裡的男人，在樹上好像在看什麼，我緩緩移動到他的後方，盡量跟他一個角度，才發現男人專注地在看芒果樹枝葉根枝葉的縫隙，從那個縫隙看去，是一個紅磚牆角的畫面，男人視角躲在牆角旁邊，看起來是一座三合院的老式房子，中間的大廳有四個人正在做觀落陰的儀式，廳前坐著一位阿婆，雙腳赤裸，眼上蒙著紅色布條，旁邊的法師叫阿婆喊名字，阿婆喊：「阿富，阿富啊喔，緊來看阿母喔，緊來揣阿母喔，緊來共阿母講你埋佇佗喔，阿富啊喔！」

阿婆喊得聲嘶力竭，邊喊邊哭，重複了十幾次，阿婆終於喊不動。法師問她有沒有看見什麼？阿婆蒙著紅布搖搖頭。透過樹枝縫隙偷看的男人眼淚爬得整張臉都是，不停哽咽，忍不住喊：「阿母，阿母啊！我佇遮啦，你袂閣按呢哭啊啦，毋通按呢啦。」

縫隙裡的觀落陰儀式已經停止，阿婆取下紅布，眼睛紅腫，什麼也沒聽見。

另一棵芒果樹同樣有一個男人在偷看枝葉縫隙，那是像夢一樣的畫面，那個縫隙像是一台攝影機，男人換上掛在旁邊的整套西裝，手拿著一封文件，在文件的一側寫著「劉」，另一側寫著「平反」兩個字，拿好文件之後，又重新打理自己的儀容，拍拍臉，露出一個笑容。縫隙裡有一位年輕女孩，正在看著男人，男人可能知道她聽不見聲音，只是露出最溫暖跟愛護的神情看著她，也把手上的文件讓她看到，年輕女孩好像想要說些什麼，但還沒開口，枝葉縫隙的畫面就已經消失。

畫面消失之後，男人的笑容也慢慢消失，接著也流下眼淚，男人把西裝慎重地收好，坐在樹上平靜自己。

兩側的芒果樹上都有人，在夢裡這條路似乎特別長，芒果樹一直往前延伸，幾乎看不到盡頭，馬路中央的女人不知道什麼時候不見，我跑到路中央，想找到那個女人，但什麼也沒找到。

夢到這裡我就醒了，我還跟阿靖、表哥、表姐躺在內山的床上，天都還沒亮，我動了動身體，換邊睡，覺得做了一個奇怪的夢。

剛升上高中的那個暑假，我跟火燒庄的朋友騎腳踏車去到民雄鬼屋，那是我第一次到民雄鬼屋，儘管從小就聽了很多屬於它的故事，這一次才是真正地來到這個空間，才覺得它我跟想像的很不一樣。網路或是書本的資料寫到民雄鬼屋總是會看到一口「古井」，那種荷蘭井的款式，到這裡一停下腳踏車，外面就有咖啡座跟樹下拉鋸子琴的阿伯，大學生郊遊拍照，我一度想說我們來錯地方，但這裡真的是民雄鬼屋。

這間劉氏古樓據說是一九二九年劉容如所建，劉容如在日本時代擔任溪口庄庄長，被民雄地區的人叫做「劉員外」。劉員外看見火燒庄的陳實華蓋了一棟華美的洋樓，想要比拚財力，花費巨資建造的。劉家的後代說，民雄鬼屋傳說的日本兵自殺、婢女投井、國民黨軍隊開槍誤殺小兵全都是沒有的事，所謂的鬼屋不過是因為一九四五年之後他們舉家搬遷到民雄街仔，交通比較方便，政府之後又修改房屋稅制，為了避稅，他們就把古樓的頂樓拆掉，古樓沒人居住，拆除又要多花費用，乾脆就放著讓古樓自然風化，也沒有想過會有那麼多繪聲繪影的故事出現。

但是佇民國36年4月3日嘉義縣政府地政科檔案資料，檔名號做〈為派技士吳泉福前往本縣轄內調查土地地目變更及特殊政府徵用地〉的紀錄中，寫著：「民雄庄，義橋，徵用劉容如家宅，以做特種軍事情報室執勤人員安紮處……」[49]

49 〈為派技士吳泉福前往本縣轄內調查土地地目變更及特殊政府徵用地〉：聽劉家的後代講，吳泉福是台南人，因為分發的關係派來到嘉義縣，對咱打貓其實無蓋熟，伊和劉阿舍咧參詳，欲共洋樓予政府使用，彼陣洋樓三樓閣真水，毋過有一間向墓仔埔的房間鎖著著，聽講是鎖匙拍見去，無知按怎，吳泉福來的一彼工房間門竟然拍開，劉家的人無人敢進去，吳泉福入去房間了後共門關起來，無人知影伊佇內底創啥，只是一直聽著講話的聲，有一个查某咧和伊開講，出來了後千拜託萬拜託愛劉阿舍予政府使用，劉阿舍隨答應。

我到民雄鬼屋沒有看見任何的鬼，只是一處荒煙蔓草的廢宅，榕樹的氣根爬滿牆壁，如果真的有鬼，惡鬼、厲鬼、滅絕一切生命的鬼，那這些雜草榕樹是不是也要一起枯萎？但沒有，沒有人類踏足，傳聞有厲鬼存在的鬼屋，除了人類以外的生命在這裡欣欣向榮，榕樹和建築融為一體，紅磚水泥不再獨屬人類，所有植物昆蟲動物都能共同分享，這裡有鬼嗎？在人類的住所中，我們滅絕昆蟲蟑螂老鼠青苔黴菌病毒細菌，除了人以外的生命在我們生活區域倖存多少？誰才是威脅生命的厲鬼？活生生的人？還是看不見的鬼？鬼屋是我們滅絕人類生命以外的生活區域？還是充滿生命雜草榕樹昆蟲動物的廢墟是鬼屋？

第八章　夜官巡場

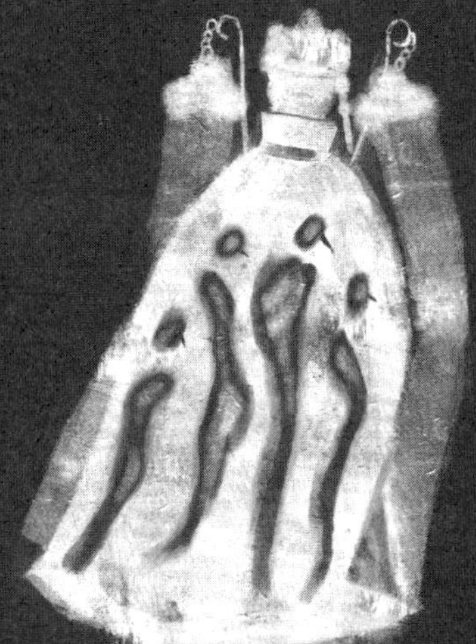

誰會是看不見的鬼？哪個地方是鬼屋？

周美惠沒有跟我說過她最早的惡夢是什麼？但我記得我的，那是在已經過世的五姑姑家。五姑姑也住在火燒庄，但沒有跟我們一起住，阿兄的房間最早是五姑姑的房間，阿兄去上大學之後，那間房間就變成我的房間。五姑姑住在陳實華洋樓旁邊的公寓，那時候洋樓還沒開放，是陳家的私人土地，我們隔著圍牆，只看到裡面有吐出來的芒草和樹枝，一直在想圍牆裡面到底長什麼樣子？

但是隔一條馬路，就有一座社區大樓，有警衛可以幫忙收信，有遮雨的機車停車場，可以坐電梯上下樓，比我們家高級多了，我小時候很愛去五姑姑的公寓，五姑姑也很喜歡帶我回去。五姑姑臉上長著紫色的斑，阿公說從小他就常常帶我五姑姑去打針：「我都騎孔明車載你阿姑到市區，去予醫生注射，逐禮拜攏去喔，欲共面頂彼塊消掉，驚伊以後嫁袂出去。」

五姑姑終身都沒有結婚，聽說有交過幾任男朋友，但是都沒有變成長久的伴侶關係。應該是四、五歲的時候，我跟著五姑姑回到她的公寓，五姑姑除了正職工作還有做一些家庭代工，家裡有一箱箱的眼鏡框和鏡片，她教我做了幾個。平常不煮菜的她，炒了幾道菜和我一起吃晚餐，看完電視後帶我去洗澡，準備要睡覺的時候，我想阿母，開始流眼淚，想回家，我忘記當時五姑姑是怎麼安撫我的。那天我沒有回家，可能哭累了就和五姑姑一起睡，那天我就做了人生第一個惡夢，我夢見五姑姑的床尾有一隻獅子，很凶惡地看著我，牠沒有被房間裡的光線影響，像是自帶聲光，金黃色的鬃毛，長長尖銳的白色獠牙，張著嘴就對我大吼，我當下沒有醒來，全身僵直，一直到累了又睡著，隔天早上才開始哭，開始發燒。

阿母說我是被嚇到，也不喜歡我再去五姑姑家，可能是有一種小孩會被搶走的恐懼，阿母也不想讓我成為五姑姑的契囝。五姑姑帶我回家的時候，經過隔壁周美惠他們家的金紙店，周美惠的阿爸和阿母還沒有離婚，她阿爸正坐在金紙店裡面和朋友泡茶開講，看我們騎車慢慢地過來，跑出來打招呼，笑虧笑虧講：「阿貞，你這咧共誰偷抱的？自細漢都無愛住佇厝，以後勢趁錢！」

周美惠同樣也四、五歲，讓她阿母帶著，正在金紙店旁邊的空地散步。隨後我越長越大，阿爸阿母越來越忙，越來越常吵架。高中的時候，偶爾我會待在家裡，中午的時候五姑姑會回來煮飯，我就和阿公、阿媽、五姑姑一起吃飯，也不知道為什麼，我們從來沒有在飯桌上講過什麼沉重的話題，不會問我功課怎麼樣？不會問我不在家都去哪裡？也不會問我有沒有去幫忙工作？我想跟我們的家族性格有關。

我記得我阿媽過世的時候，阿公很難過，我少見地看他流眼淚，他跟阿爸說：「所有的代誌你去發落都好，我無想欲知影，我傷艱苦，我足艱苦。」

那時候我在旁邊聽到覺得阿公有些無情，但現在想起來，那就是太有情了，他跟阿媽早就已經朝夕相處，所有的事情不是阿媽幫他，就是他幫阿媽，他還要知道什麼？知道阿媽已經不會再回應他的事實嗎？知道辦完喪事阿媽就永遠告別的事實嗎？那這樣算不算一種逃跑？

我一直在想，我擅長逃跑到底是遺傳自阿母那邊？還是阿爸這邊？阿爸和阿母為什麼都沒有逃跑？所以還能住在一起？還是他們已經逃跑？所以才住在一起不講一句話？吵架、打架是面對還是逃跑？

每個時間的空檔，我跑出家門，跑到後壁河溝，逡巡溝渠，看水裡的生物好像自由自在地游，就像那個羅漢，但是再自由都煩惱下一餐，生存也只是為了下一餐，那我整日遊蕩在庄裡是不是也是羅漢？

我跟周美惠看見水流媽被困在神龕，整日聞著臭豬屎味，沒辦法進入輪迴，我是不是也是整天跟著阿母去豬寮工作，不管願意或不願意，阿母只要一拉開親情的嗓門，我就要站在神龕上？

那天我跟田中間的女人打招呼，周美惠雖然沒說什麼，但是她臉色很難看，我知道田中間的女人跟我們不一樣，但那有什麼關係？周美惠是夜官的轉世，不止我知道，我阿爸阿母知道，隔壁鄰居知道，整個火燒庄都知道，那些遊蕩的孤魂和野神也都知道，並且相信，既然如此，為什麼不給這些孤魂一些善意？在田中央曝曬整日，好不容易日頭就要下山，所有生命都可以休息喘口氣，讓祂可以喘息、自由，懷抱一些希望不好嗎？

五姑姑最後是死於癌症。我一直在逃跑，逃離整個家，把家族的天賦運用到極致，我太少回家，太少跟親人聊天對話，我其實不知道五姑姑是得什麼癌症，只聽說我高中的時候就有去化療，有控制下來，我上大學之後又發現癌細胞擴散，最後控制不住。我記得我讀大學的時候，有一次回家，五姑姑也騎車回來，她變得好瘦好憔悴，頭上戴著一頂毛帽，她跟我說有空就多回來，看阿公、看阿爸阿母，有空也去看她，我說最近學校比較忙，我也有打工，沒工作錢不夠用，五姑姑聽完叫我等一下，騎車又噗噗噗地走掉，沒多久回來，塞給我一張五百元鈔票：「我這馬無空課，身軀干焦這濟，你都愛食較飽欸，有閒都較捷轉來欸。」

五姑姑從來沒有跟我說過她的身體狀況，那陣子我碰到她，都會問五姑姑身體怎麼樣，她不願多說，一律都說有比較好，但是身體越來越瘦小，最後就住在病房裡。我問我阿姐能不能去醫院看她，阿姐說，五姑姑不想有太多人去看她，好像是不想讓其他人擔心。但我記得最後一次，醫院發出病危通知，在前幾天我答應五姑姑要回去看她，我錯過原本的火車班次，隔天早上才跨過東邊的山來到西邊，但已經晚了十六個小時。

在五姑姑生病期間照顧她的四姑姑跟我說，五姑姑一直問她，我到了沒？到了沒？

五姑姑的喪禮沒有辦在我們家，或是阿公家，或是四姑姑家，我們沒有像幫阿媽、阿公一樣幫她摺七七四十九朵紙蓮花，沒有四袋、五袋、六袋的金元寶，她一定是最窮的鬼，只有領火化場旁邊的公用靈堂統一配給的衣服和零用錢，四姑姑的兒子捧著她的照片和牌位，叫五姑姑要出發前往西方極樂，她去了嗎？我到底現在還是不知道最後五姑姑有沒有被誰接回去祭拜？還是她就在公立的靈骨塔裡面？如果按照以前的說法，沒有嫁出去的五姑姑是不是就變成孤魂了？還是進姑娘廟[50]？不入宗祠，去不了西方極樂，沒做壞事地獄也不收，是跳出三界之外？還是被卡在三界之中？

她就變成孤魂了吧。周美惠有沒有接到我的五姑姑？不是說夜官會守護所有的孤魂嗎？如果孤魂心驚害怕，就會幫祂們把耳朵摀起來，祂們就不會再驚惶。五姑姑會害怕什麼？擔心什麼？擔心我沒有吃飽、工作太晚、喝太多連鎖店飲料嗎？

我真的跑到南部，去周美惠工作的美術館找她，但那是五姑姑過世之後好幾年了。我因為工作的關係到南部，和女友趁著工作的空檔去逛美術館，到了美術館才想起來，周美惠在這裡工作。我們約了時間邊吃晚餐邊聊天，聊到了小時候的夢，周美惠說最近她夢見我，她站在水流媽廟前面的那條大馬路，身體好像變回七、八歲的樣子，晚上一個人都沒有，她站在馬路中央，遠遠看見有一支隊伍走過來，領頭的身影是夜官，我問她為什麼知道那是夜官？周美惠奇怪地看著我：「你不知道嗎？」

她說夜官黑紗下的臉跟我長得一模一樣，只是沒有你現在的鬍子，皮膚也沒有那麼粗，她指了指我現在的臉。

周美惠接著說，我就一直站在馬路中間，夜官像是沒看到我一樣，走到我旁邊就停下來，她領路的那支隊伍四散跳上芒果樹，夜官站在路中央看了一下子，轉過身就往前走，我不知道為什麼也跟著祂走，我們經過庄口的牌樓，夜官手中有一副搖鈴，邊搖邊念，重複循環：

「火燒山寮孤頭邊，水岸無水夜官眠。」

才發現原來牌樓的側邊走過來一位跛跤的年輕女生，是庄裡以前常常騎腳踏車的庄民，有一天就不知道去哪裡，沒有再看到她，我一直以為她是嫁人了。她看著我微微笑，沒有說話，跟著我們繼續往前走。我們走到五穀王廟前，廟的左側拆掉的戲台正在重新搭建，一塊一塊的磚瓦木材飛在半空，像是影片回放，消失的火燒庄戲台出

50 姑娘廟：陰神廟的一種類別。早期台灣民間相信，沒有出嫁的女性不能入宗祠受香火祭拜，會變成孤魂野鬼，除了冥婚之外，就是把這些女性供奉在姑娘廟中，孤魂才不至於遊蕩在鄉野，孤苦無依。

現，五穀王廟的青龍邊走出仙女媽媽阿美仔、長仙女阿珠、小仙女阿雪仔，她們身穿像霓虹的彩帶宮裝，雙腳赤裸，浮游出場；水流媽變成一位白髮飄飄的老仙翁，左手拿桃木杖，右手拿壽桃，緩緩走上戲台；陳實華記錄的羅漢，挺著一張愁苦的臉，穿著補丁破衣大步走上台；小仙女最怕的菩薩像也出來，祂是一尊觀音塑像，底下有蠟像般的金童玉女扶著上台，小仙女看了看觀音塑像，搶過祂手中的淨水瓶，揮舞瓶中的柳枝；臭屁仔的野狼125也從廟裡出來，沒有人騎它，它像一匹有靈的狼，一直圍繞戲台打轉。台上正在演出屬於祂們的《扮仙》[51]。

夜官帶著我們繼續往前走，經過你家的簸仔店，店裡的見本櫥仔還在，你的阿公阿媽正在整理剛到貨的紅標米酒，右邊的陳實華洋樓又被鐵皮圍牆圍起來，但我的視線穿過了鐵皮，陳實華洋樓完好無缺，我的阿母正坐在階梯上看月亮，隔壁我家的金紙店，裡面的金銀紙蠟燭蓮花元寶堆放得整整齊齊，《暢流》雜誌也放在櫃檯上展示，隨時等人來買金紙送《暢流》。

我們穿過小巷，夜官帶我們來到後壁河溝，大片大片的稻田正長得飽穗，我們穿過稻田，在稻田中央踮腳站立的白衣女人正在旋轉跳舞，是屬於她的舞蹈，和這片嘉南平原的稻田共舞。再往火燒庄西邊行去，我們經過火燒庄鋼琴彈得最好的小孩家，房子傳出流暢悅耳的鋼琴聲，窗邊有一位長得像阿姿姨的女人正在閉眼傾聽，神情放鬆。

我們經過小時候野狗最多的地方，好多五顏六色的狗圍著我們磨蹭，想要我摸摸牠們、抱抱牠們，我就乾脆叫這些野狗跟著我們走，回頭一看才發現，剛剛所有遇到的物、人、鬼、神都在我們身後，連戲台也是，有兩隻拖著鐵鎖鏈的殭屍拉著戲台。

前面就是芒果樹的綠色隧道，夜官身邊突然多出兩位吹嗩吶的北管樂師，開始演奏起〈新普天樂〉[52]，金銀紙、桃花、小桂花、彩帶、紅紙、芒果漫天飛舞，三仙女飛進一棵芒果樹，樹間就多出三顆飽實的土芒果；羅漢撞進百年的芒果樹身，芒果樹就多出一枝粗壯的枝幹；水流媽蜷曲著身體縮進芒果樹的樹洞，整條綠色隧道就更綠意盎然，葉片上都帶著水氣；踮腳站立的白衣女人在樹尖旋轉，每轉一圈，芒果樹被

51 扮仙：傳統戲劇中重要的開場戲目，可以說沒有先演扮仙戲，後面整個演出活動都不能開始。通常主要內容是福祿壽三仙出場祈福。

52 〈新普天樂〉：北管傳統曲牌。常用於北管戲曲行進、過場、划船渡河的段落。

水泥覆蓋的根就鬆動一點；野狗和戲台也進入芒果樹枝與樹枝的縫隙，我看到你的阿媽牽著你在戲台下看戲，我的阿爸在金紙店摸野狗的頭，幫牠洗澡，給牠吃剩的塗虱當作晚餐。

夜官站在馬路中央，一眨眼就消失。

周美惠說，夢到這裡就結束了。我驚訝夢境的相似，我甚至懷疑這可能根本不是夢境，是夜官佛祖真的帶著我們去巡場，我也和周美惠說了我的夢，周美惠說她現在已經很少聽見吊扇的聲音了，現在在館內負責台灣歷史與文化的策展。我跟她互相約定，如果有到對方的縣市活動一定要聯絡，我晚上還有工作，就先離開美術館了。

親像火燒庄這款，樣仔樹碧翠滿路，佇台灣南部是真四常（sù-siông），一九二八年十一月十號日本昭和天皇坐位，政府為著慶祝天皇坐位，佇台灣各地種樹仔，會特別揀有經濟價值的果樹，親像樣仔、龍眼、蓮霧、檳榔等等，一方面會當予過路人閃避日頭的赤焰，閣兼有美觀、經濟補貼的功能。

阿公較早講：「現此時火燒庄派出所的所在，佇日本時代是衙門，若是有做毋著代誌的人，大人都會佇衙門遐揁後跤。攏會叫阮去開馬路，每一戶攏愛派人去，種樹仔馬種有著喔。無去袂使喔，都予大人掠去跪咧衙門頭前，揁後跤。」

經過日治時期的台灣人習慣把日本警察叫做大人，比如我阿公，即便到了民國一百年以後，見到警察還是會叫大人。他說姓蔣的來的彼時，大人變得不一樣，夜官佛祖就是在那幾年之後，從火燒庄的五穀王廟搬到庄外的亂葬崗。聽說在我出生前火燒庄的派出所翻修，從地底挖出日本時代阿公口中「衙門」的地基，在地基的正中央下約三公尺，挖出一口檜木箱子，大約長五十公分、寬三十公分、高五十公分的大小，大家都在猜測箱子裡面有什麼東西，有人猜是日本時代留下來的黃金，有些人猜是日本時代的軍事機密地圖，芒果樹道還有一個無法證實的猜測，說是用來遮擋敵軍空照，日本人在樹道之中運送軍火與軍隊。

還有些人猜是日本時代封印的厲鬼，或是火燒庄不能祭拜的妖邪，火燒庄的人都在猜測，沒多久，故宮南院籌備小組裡頭的專家出現，專家說不能在這裡隨隨便便就打開，要考慮溫度跟濕度，甚至光線都會有影響，要把箱子帶回有足夠設備器材的空間再打開，這個說法很有道理，但庄民們不能接受，想著箱子裡是黃金的人，怕分不到挖到寶藏的分潤；想箱子裡是封印厲鬼妖邪的人，怕專家帶回去打開後禍及火燒庄。庄民裡裡外外把專家圍了三圈，不讓專家離開，那時候已經是解嚴之後了，火燒庄的警察既是擔心也好奇箱子裡的東西，就建議專家，不然就在五穀王廟裡面打開來看裡面的東西是什麼？

專家看一時半刻也走不掉，警察也沒有要幫自己的意思，日頭赤熱，工地沒有遮蔽處，再拖下去恐怕影響箱子裡的文物，就同意警察的提議，帶著箱子來到五穀王廟。

火燒庄的陳前老村長已經八十六歲，最擔心箱子裡的東西是什麼妖魔鬼怪，先帶著所有人焚香祝禱，祈福火燒庄平安，接著再請專家把箱子放到供桌上，在五穀王神像面前準備打開箱子。專家解開已經發黑的黃銅鎖，小心地打開箱子，箱子裡面沒有黃金、沒有軍事地圖，更沒有衝出厲鬼冤魂，裡頭放了幾卷日式卷軸，埋在地底日久潮濕，雖然沒有生蟲腐朽，但是也已經泛黃，裡頭還有一卷鑲金色花紋的中式卷軸，裡面是一幅圖，畫著一尊陰森的女神，面容服飾像是媽祖又像觀音，身穿黑紗，背後有招魂幡，寫著「有路行路，無路過橋」，底部有字寫著，夜官巡場。至於剛剛看到卷軸的金色花紋，打開卷軸後才發現，背後也是一幅圖，畫著一尊光明溫暖的女神，同樣面容服飾像是媽祖又像觀音，背後有旌旗寫著「風調雨順，五穀豐登」。

陳老村長說，這是夜官，日本時代的夜官，就像那尊純金打造的夜官佛像，國民政府剛來台時，那些孤魂需要夜官，派出所的大人們說夜官不能出現，於是夜官佛像就埋藏在亂葬崗。如今我們找到日本時代的夜官畫像，他依稀記得，在小時候，聽過大人們說過關於夜官畫像的故事，聽說找到夜官畫像的人就能一夕發財，一夜之間在火燒庄蓋出最新最時髦最氣派的洋樓房。

花下媒人
Hue-hā Muê-lâng

庄裡有囍事，由侯爺作媒牽線新人，今仔日欲結婚囉，侯爺輕聲細說，吼喝著鬼湖，羅漢聽著矣，伊跤踏酒悾的跤步，佮水鬼做伙來食酒桌；佇庄仔外山頭頂的夜官也聽著矣，伊悉著蹛佇墓仔埔的人，歕著鼓吹，揁鼓過橋，鬼氣沖天，鬧熱滾滾；唱唸跤尾經的師公嘛歡喜來唱，佇遮這馬的人，和過去的人，牽手和解，伊講伊毋著，我講我有錯誤（tshò-ngōo）。

〈花下媒人〉
說書線上聽

華語翻譯

村里有囍事，由侯爺作媒、牽線湊成一對新人，今天就要結婚囉，侯爺輕聲細語，就吼叫得讓整個鬼湖都聽見這件囍事。羅漢聽見了，他踩著酒酣的腳步，和水鬼一起來喝囍酒；在村外山頭上的夜官也聽見了，他帶著住在亂葬崗的人，吹著嗩吶，敲著鑼爵士鼓過橋來賀，看起來鬼氣沖天卻熱鬧滾滾；唸唱往生咒的師父，也開心的唱誦著，在這裡，現在的人和過去的人，牽手和解。他說他有不對，我也說我有錯誤。

老美惠陷眠[53]

日頭落山，嘉義市區恬靜無聲，盧醫生館已經兩個月無開門，聽講盧醫師予軍隊掠去，已經十幾工啊。秀媚先生娘每一暗攏睏袂落眠，先生娘五个月大的屘囝我當咧甲顧，三更半暝吼袂停，偕真久也是吼，秀媚先生娘講，伊前工半暝落樓，看著盧醫師轉來，覆（phak）佇大廳桌頂咧哭，胸坎攏是血，目一躡[54]盧醫師都無去，害我這馬攏毋敢行去大廳。

「美惠啊，妳先歇一咧，囡仔偕足久的啊，欲吼都予伊吼，妳愛歇一下。」

---

53 陷眠：hām-bîn，白日夢。

54 目一躡：躡，nih。眨。眼睛一開一合。後用來引申時間很短。

秀媚先生娘對樓頂行落來，共囡仔抱過。

「我有聽著消息，明仔載中晝，軍隊會佇火車頭槍決，我看阿欽是無法度轉來啊。」秀媚先生娘抱著囡仔邊偝邊咧講。

「想欲拜託妳明仔透早，去打貓火燒庄揣陳阿舍，拜託伊明仔日頭落山了後共阿欽收去夜官佛祖遐，我隔日會去𤆬阿欽轉來。」

美惠拄十二歲，是秀媚倩來顧囡仔的，厝都蹛佇火燒庄。美惠毋知欲按怎安慰先生娘，聽著盧醫師會予軍隊槍殺，伊感覺驚惶，但是看先生娘攏想好按怎來處理，美惠砰噗跳的心臟安穩落來，應一聲：

「好！」

隔一日，秀媚先生娘透早出門，吩咐上大漢的查某囝若日頭落山都踮門口等阿爸轉來，兩个細漢弟弟也著𤆬的，毋過上主要是和徛佇邊仔，偝著嬰仔的美惠講。到暗時，秀媚先生娘準時𤆬盧醫師轉來，醫師予四个人扛入來，後壁綴一陣鬥跤手的人，閣有法師、念經團，攏是嘉義市民眾聽講盧醫師予軍隊槍殺來幫忙的。

秀媚先生娘安搭好眾人，大廳的神明、祖先請落來，紅色的蠟燭神明燈化去，大聽變做盧醫師的靈堂，到這時，秀媚先生娘坐落來，斟酌看著面前的盧醫師，伊目箍才來反紅，目屎一粒一粒跋落來。伊講和伊彼一暗看著的仝款，胸坎攏是血。

喪禮真緊都結束，盧醫師有佇伊的橐袋仔[55]留批，講後事毋免鋪排，簡單都好。秀媚先生娘也毋敢法會辦傷久，厝外攏有人咧綴。

盧醫師的喪事了後，無偌久，秀媚先生娘都請我先毋免來顧囡仔，聽講先生娘是毋願意予後頭厝幫贊傷濟，我雖然想欲留落來，毋過為著生活，尾仔也是去接別項工課。續落來兩三年，我閣聽講秀媚先生娘嫁予別人，因為這件代誌，若親像和盧醫師的阿姐變甲無啥歡喜。

閣見著秀媚先生娘是伊綴美國轉來，已經是足久足久以後啊，台灣已經解嚴。我年歲也真大啊，記持是真奇妙代誌，我明明會記持盧醫師的醫生館早都予盧家收轉去，秀媚先生娘應當是無法度入去，但是我都會記持我是佇醫生館閣再拄著秀媚先生娘。

「……阿欽，三牲四果，就來鑒納（kàm-làp），一路平安。」

55 橐袋仔：lak-tē-á，口袋。

先生娘佇咧大廳門口拜拜，伊已經老啊，頭鬃親像雞卵花，毋過看起來猶原真婧。我一入來先生娘都認出我，講我已經遐大漢，伊攏無機會去揣我看我，毋知按怎，我目屎都流出來，我明明已經是五十幾歲，強欲六十的婦女，佇秀媚先生娘看起來若親像少女。

秀媚先生娘講，盧醫師離開冬佬了後，阿妹仔都綴伊阿爸去啊，阿妹仔和伊阿爸上好，阿欽傷疼伊，個一定佇另外一个世界快樂生活。伊閣講：

「前幾个月，我有看著阿欽轉來，伊牽著阿妹仔，我想欲牽伊的手隨綴個行，但是毋知是按怎，我感覺我一定愛轉來，轉來這間厝看覓，也毋知欲看啥，想袂到等著妳。」

「妳敢有看？阿欽都咧門口，清清氣氣，身軀勇健，面肉少年，唉呦，真正緣投。」

閣目一矚，秀媚先生娘已經行去盧醫師身邊，伊變做少女時的模樣，皮膚滑溜，頭鬃反黑，插一蕊雞卵花，牽手和盧醫師行出醫生館。

我無確定這段記持是真抑是假，阮後生講我是陷眠記持出問題，講咱最後一擺見著秀媚先生娘是佇基隆，佇先生娘個兜開講食茶。

＊

《夜官巡場》從大學時代開始概念發想、書寫、打散轉化到完成，可能有五年多的時間，我沒有想過它會變成現在這個模樣，一開始的概念只是想嘗試，試著用一個概念，同時用文學與音樂去創作完成。

這其中受到很大的影響是二〇一六年 Bob Dylan 獲得諾貝爾文學獎、隔一年我親身親耳聽見生祥唱〈風神125〉，這兩件事對我來說衝擊很大，打開我整個創作觀，因為這些影響才有整部《夜官巡場》。我其實不確定這樣音樂與文學的模式效果好不好？甚至也想不到怎麼用一個比較好的方式同時呈現兩者，只是邊聽音樂邊讀小說嗎？還是把小說做成有聲書？即便到現在我還是很不確定。

但不管如何，我交出了第一部作品，我認為到現在小說真正的完稿《夜官巡場》才是創作完成，專輯和小說是一部作品。

五年前開始寫的時候，我是完全不會台文的，也不懂按和絃、吹噴吶，甚至使用現代混錄音技術完成音樂作品，現在回想起來真的覺得時間奧妙，記持玄幻。

越接近完稿，其實我心裡越有一種害怕，我寫的是一部魔幻寫實的作品，從童年記憶萌發，我其實非常擔心會對家族親屬造成傷害，我甚至不確定當我書寫出自己「逃跑」這個事件是不是就會造成傷害？但我在書寫時一直相信，所謂的寫實是必須在魔幻後面，真實的歷史早就不可見，九歌的企劃沛澤，他說過，我的魔幻寫實，是不得已要加上魔幻。我相信所有創作者都是。

我也始終相信，保持著善意出發，會比帶著惡意出發作品會來得動人，常常打動我的作品，不是論述多麼有力，或讓我引以為真理的文學作品，而是不管多麼殘酷的狀況下，還是保有一份溫柔同理的作者，我覺得我做不到，但我期許自己能成為這樣的創作者。

我沒有把〈老美惠陷眠〉放在正文章節裡面，我想是我覺得林秀娟和盧鈉欽在這段白日夢裡面的結局太過美好，但他們實際上不是，林秀娟在現實中後來再改嫁，據說盧鈉欽的姐姐不能諒解林秀娟的改嫁，後來林秀娟家庭移居美國，在基隆也有住處，一直到二〇〇九年林秀娟過世前，她每年都會為盧鈉欽掃墓。我無權為受難家屬做任何代言，但我自己內心為他們想像了一個團圓的世界，想像他們波折多難的人生，在死亡後度過彼岸，到達天國或淨土或仙境，他們的極樂、平靜會是什麼？我想是六、七十年後再度相聚，再度為了生活的瑣碎展開對話。

最後感謝東華大學華文系、藝術中心，這是最直接影響這部創作的場所。感謝吳明益老師，雖然我沒有上過老師的創作課，但明益老師開的「華語流行音樂」影響我太深，我至今都還記得明益老師在課堂上，帶著我們讀 Bob Dylan 的歌詞，唸著〈暴雨將至〉（A Hard Rain's a Gonna Fall），如果沒有這樣的導讀，我不可能會覺得 Bob Dylan 拿文學獎有什麼厲害，也更不可能有音樂與文學同時創作的想法。

感謝東華藝術中心魏主任、葦綸、書愷，我所有的音樂硬體技術、創作養份薰陶都是因為這裡得到實務上的啟蒙學習。

感謝裝咖人團員，雖然我知道幾乎所有團員都沒讀小說，但沒關係，我們還是精準做到核心概念的表達，我也知道我做 Demo、錄音的時候逼瘋大家，也抱歉讓迪堡覺得做音樂痛苦，做音樂應該要是快樂的，感謝包容。製作過程中要特別感謝製作人嘉木郎，給了非常多實務製作上的建議跟幫助、以及小各老師雖然我聽不懂，但小朱聽得懂，最後成品也完美契合概念的老先覺製作、還有百合花奕碩、淡水南北軒阿弘師在北管上給予了很多教學跟幫助，在北管上我有太多需要再補課，感謝不厭其煩的提供資訊。以及小地方展演空間的負責人方柏，還欠你一個大紅包，在前製階段因為有你的建議諮詢安心了很多。

也要感謝最初的創作團員，振峰，雖然你說那些歌作曲也應該是算我的，但我從來不這樣認為，我也不認為在這個時代彈奏技巧的好壞會勝過一切，吉他英雄的時代早就已經過去，創作上的概念和核心意圖我認為是最重要的，在這兩點上我覺得你是很有才華的，不管你未來打算做什麼，我都站在支持的立場。

也感謝婗不管是音樂或文學上都給了很多建議，妳也一手包辦演出的攝影與 LIVE 影片的製作，感謝妳忍受我的固執，很抱歉，也很謝謝。

最後感謝我的阿爸、阿母，感謝你們放手讓我去做自己想做的事。

二〇二二年七月十一日下晡，台北東湖，庄尾文化聲音工作室

九歌文庫　1385

夜官巡場

國家圖書館出版品預行編目（CIP）資料

夜官巡場／張嘉祥著．-- 初版．--
台北市：九歌出版社有限公司，2022.08
面；　公分．--（九歌文庫；1385）
ISBN　978-986-450-468-8（平裝）
ISBN　978-986-450-471-8（精裝）
863.57　　111010394

作　　者——張嘉祥
責任編輯——張晶惠
企畫編輯——洪沛澤
創 辦 人——蔡文甫
發 行 人——蔡澤玉
出　　版——九歌出版社有限公司
台北市 105 八德路 3 段 12 巷 57 弄 40 號
電話／02-25776564・傳真／02-25789205
郵政劃撥／0112295-1

九歌文學網　www.chiuko.com.tw

印　　刷——晨捷印製股份有限公司
法律顧問——龍躍天律師 ・ 蕭雄淋律師 ・ 董安丹律師
初　　版——2022 年 8 月
初版 3 印——2023 年 12 月
定　　價——340 元（平裝）；900 元（精裝）
書　　號——F1385
I S B N——978-986-450-468-8（平裝）
978-986-450-471-8（精裝）
9789864504701（PDF）

本書榮獲 文化部 MINISTRY OF CULTURE 110 年度青年創作獎勵